POUR L'INSTANT, TOUT VA BIEN

DU MÊME AUTEUR

Dans les yeux de Simone, Albin Michel, 2010.
Maintenant, il faudra tout se dire, Albin Michel, 2004.

BENJAMIN CASTALDI
avec Soisic Belin

POUR L'INSTANT, TOUT VA BIEN

l'Archipel

Notre catalogue est consultable à l'adresse suivante :
www.editionsarchipel.com

Éditions de l'Archipel,
34, rue des Bourdonnais
75001 Paris.

ISBN 978-2-8098-1763-8

Copyright © Éditions de L'Archipel, 2015.

« Ce qui est exténuant, ce n'est pas que le pire soit toujours sûr, mais que le meilleur soit toujours incertain. »

YANN MOIX,
Une simple lettre d'amour

1

Bye-bye, Benji ?

23 juin 2012, 15 h 30. Date et heure à jamais inscrites dans ma mémoire.

Comment oublier ?

Je roule en moto sur le périphérique, entre la porte de Clichy et la porte de Saint-Ouen. Tout va bien. Et soudain tout s'arrête. *Off.* Le trou noir. Après quatre-vingt-quatre mètres de roulé-boulé – on me communiquera plus tard cette distance avec exactitude –, suivis d'une perte de connaissance, j'entends des voix agitées :

— Monsieur, monsieur, vous avez eu un accident...

La panique me happe. Je commence à prendre conscience du choc. J'essaie de m'autodiagnostiquer, de tester mes sensations. Je bouge un pied, puis l'autre. Dans la douleur. Petit à petit, je reprends connaissance. Mes clavicules sont fracturées à différents endroits. J'ai huit côtes cassées. Je ne suis même pas certain d'être encore entier.

J'essaie de retrouver mes esprits. Le bruit strident de la sirène du Samu ne m'aide pas. Déboussolé, j'entends les pompiers parler entre eux dans l'ambulance. Il est question de me soumettre à un test antidrogue, une pratique courante lors de tels accidents de la route. À plus forte raison lorsque la victime fait partie du show-business. En tout cas, cela ne paraît guère faire de doute pour eux : ma chute est la conséquence évidente d'une prise de stupéfiants. Shit, cocaïne, héroïne : peu importe.

Je suis habitué à ce genre de suspicion. Mais ils se trompent. La seule responsable, c'est la vie. Et plus précisément : la poisse. Une camarade d'infortune qui me colle aux basques depuis quelques années.

Bizarrement, dans cette épreuve, je perçois une forme de magie. Magie d'être vivant. Jamais je n'ai ressenti plus intensément le mot d'ordre moderne, tellement anglo-saxon : « *The show must go on.* » Accident ou pas, la technologie ne nous quitte plus. Et moi moins que personne. J'ai beau être dans les bras des urgentistes, mon portable reste à portée de main. On m'autorise à l'utiliser. Que le spectacle continue.

D'une voix d'outre-vie, je passe un premier coup de fil aux studios pour leur annoncer que je ne pourrai pas animer la quotidienne de « Secret Story » ce soir.

Le second coup de fil, bien sûr, est pour Vanessa, ma femme. Malgré tout ce qu'elle pourra lire d'ici quelques heures sur les réseaux sociaux et sur le Net, je suis encore en vie. Voilà ce que je lui dis. Sacrément amoché, mais en vie. Et puis que j'ai besoin de la voir. Je lui demande de me rejoindre au plus vite à l'hôpital Bichat, où l'on m'emmène.

Le trajet entre le lieu de l'accident et l'hôpital me paraît durer une éternité. C'est long et pénible.

Autour de moi, les pompiers s'affairent. Dans mon oreille, comme à des années-lumière, leurs voix résonnent en sourdine. Je suis, je m'en rends compte, dans les vapes. Mais l'esprit humain recèle des ressorts insoupçonnés. Blessé et en morceaux, à demi certain d'être arrivé au bout du chemin, j'entreprends le bilan de mon existence. Un bilan, il faut bien l'avouer, globalement négatif – comme n'eût pas dit Georges Marchais.

Cet accident vient couronner une année que je peine à qualifier d'un autre terme que «merdique». Les précédentes, soyons honnête, n'avaient guère été meilleures. Depuis 2010, tout semble aller de mal en pis dans mon existence. Je vis un cauchemar quasi permanent. Et sur tous les plans. Au plus bas sur la courbe du bonheur, je pensais avoir touché le fond. Grossière erreur d'appréciation. Je découvre soudain qu'il me restait plus encore à perdre : mon propre corps, ma propre vie. Cette révélation me fait l'effet d'un électrochoc.

Alors que j'étais déjà au plus mal, cabossé au physique comme au moral, la malchance vient d'en rajouter une couche. Il ne m'en fallait pas plus pour accepter le combat. Non, je ne me laisserai pas faire ! KO sur le ring de ma propre existence, un seul choix s'impose désormais : me battre.

À peine dans l'ambulance, cette rage de vivre, qui semble irradier de mon corps meurtri, me surprend moi-même. Elle ne m'est pourtant pas inconnue, c'est mon tempérament ; mais j'ai fini par oublier, ces deux dernières années, à quel point la volonté est essentielle. Vivre, survivre. Avancer toujours. Constat sans appel. Comme disait un ancien Premier ministre : la pente est forte, mais la route est droite. À moi de la remonter. Comment en serait-il autrement ? De toute façon, je n'ai pas le choix. Et qu'importe si l'épreuve s'apparente à l'ascension de l'Annapurna à mains nues. Je n'ai pas vraiment peur. Avec de l'acharnement, de la patience et du travail, la réussite est toujours envisageable. Alors c'est décidé : je vais réussir.

Dès mon arrivée aux urgences, je suis soumis à une batterie de tests par l'équipe médicale. Première constatation : présence de sang dans les urines. Aïe ! Moment de panique. L'espace d'un instant, je suis convaincu que ma fin est proche. Byebye, Benji ! Pour ne rien arranger, ce que j'entends autour de moi n'est pas pour me rassurer :
— Il se peut qu'il ait fait une hémorragie interne, il faut vérifier immédiatement.
« Hémorragie interne » : mots nauséabonds, mots qui puent la mort. Par chance, après quelques analyses, l'hypothèse est levée. On m'explique la situation. La dilatation des organes, à la suite du choc intense que j'ai subi, a provoqué des saignements. Rien de dramatique, mais deux précautions valent mieux qu'une. Je suis placé en observation jusqu'au lendemain.

En pleine nuit, je suis réveillé par un grésillement. Je mets un moment à comprendre d'où il vient : un haut-parleur installé dans ma chambre… J'entends :

— Ici la voix...

Que se passe-t-il? Serais-je sujet à des hallucinations? Je suis dans une chambre d'hôpital, pas en pleine présentation d'une quotidienne ou d'un *prime* de «Secret Story». À moins que je sois en train de rêver...?

Mauvaise pioche. Les internes, amusés par la présence d'un «people» dans leur service, ont décidé de plaisanter un peu, à mes dépens. Humour en blouse blanche. Suivront des selfies par dizaines, malgré mon visage blafard et le filet de bave que je ne puis retenir à la commissure de mes lèvres. On ne peut pas dire que mon pouvoir de séduction soit au top! Il a plutôt une sale tête, le people «vu à la télé». J'essaie pourtant de paraître aussi respectable que possible. Je m'accroche à ma dignité et prends mon mal en patience.

L'épreuve de l'hospitalisation, d'ailleurs, est de courte durée. Au bout de vingt-quatre heures, on me laisse sortir. Malgré la brutalité de l'accident, les médecins ne peuvent rien faire de plus. Seul le temps réparera les dégâts physiques et apaisera mes douleurs.

De retour à la maison, comme toujours, je ne tiens pas en place. Sans attendre, je décide de reprendre le travail au plus vite. Il n'est pas dans mes habitudes de rester chez moi à buller. Être inactif? Non, merci! J'ai un besoin vital de m'occuper: c'est bon pour le moral et, pourquoi le nier, pour les finances.

Ni une ni deux, je m'imagine «face caméra». «Secret Story» m'attend! La production, la chaîne, le public : tous me veulent en forme. Alors je répète. Je révise mes fondamentaux, comme on dit. Je dis « bonjour », je marche, je tente quelques vannes.

Mon jardin, à cette période de l'année, me semble propice à ce genre d'exercice. L'air doux de l'été naissant, j'en suis persuadé, ne me voudra que du bien. Cruelle erreur. À peine ai-je fait cinq pas que je m'effondre de toute ma hauteur. Manque de souffle. La réalité me saute alors au visage : je suis incapable de reprendre une quelconque activité.

Quelles forces me reste-t-il ? Jambes coupées, tel un boxeur séché par un adversaire plus fort que lui, je suis tout juste bon à faire des allers-retours dans ma mémoire. Avec, chevillée à l'âme, une vraie culpabilité : celle d'avoir baigné sans cesse dans l'excès et la démesure. Ce que j'appelle, dans mon jargon perso, la « carotte permanente ». Plus haut, plus loin, plus fort : toujours plus ! J'ai bâti ma vie ainsi. Je suis un homme de défi et d'insatisfaction quotidienne. Trop, peut-être. Pourquoi ai-je toujours agi de la sorte ? Je dois souffrir d'un manque, d'une fissure intime. Fitzgerald, lui, parlait de sa « fêlure ». J'aime le mot. Même s'il m'amène dans les précipices.

Ma mémoire se fixe sur un Noël bien précis. Celui de l'année 2011, six mois avant l'accident. La hotte, ce jour-là, était vide. Non, le Père Noël n'est pas une ordure : il était aux abonnés absents. Pourquoi ? À cette époque, j'étais privé de chéquier et de carte bleue. Dans ma poche, un billet de vingt euros, prêté par un ami. Tout ce qu'il me restait. L'angoisse au quotidien, le ventre noué. Le moindre aspect matériel de la vie dressait devant moi un obstacle infranchissable, les courses plus que tout le reste, sans doute. Jamais, jusque-là, je n'avais pris garde au prix de la nourriture. J'achetais sans compter, sans regarder. Je me faisais plaisir et je faisais plaisir aux miens. Je ne calculais rien. Temps révolu. Je ne pouvais même plus me déplacer en voiture, économies d'essence oblige. Quant à la maison, elle était glacée depuis plusieurs semaines. Plus les moyens de chauffer…

Je ne me remémore pas cette période de ma vie sans une violente souffrance. Un sentiment m'habitait : la honte. Elle ne m'a plus quitté. Je devenais, j'étais devenu un paria. Mes «amis» – les faux, bien sûr, ceux qui ne jurent que par le «haut de l'affiche» – s'étaient mis à m'éviter. Crainte de la contagion, sans doute…

Mais le pire, et le plus douloureux, était ailleurs. Impossible d'oublier le regard de mes enfants – Julien, Simon et Enzo – découvrant que le Père Noël n'avait pas pensé à eux. Image indélébile, à jamais gravée dans mon cœur. Trop peu conscient des aléas de la vie, jamais je n'aurais cru sombrer un jour dans pareilles difficultés. Aurais-je dû l'imaginer, à défaut de le prévoir ? Sans doute. Après coup, tout paraît facile. Mais, depuis 2001, je vivais sur un nuage : mon nuage, objet de tous mes soins et fruit de mon travail. Seul le succès avait croisé ma route. Mes jours et mes nuits, pendant des années, s'étaient succédé avec la douceur d'un conte de fées.

Tous les contes de fées, hélas, ne s'achèvent pas sur le fameux : «Ils furent heureux et eurent beaucoup d'enfants. » Le mien avait pris fin le 4 juillet 2008 exactement. Ce jour-là, un peu plus de quatre ans après notre mariage, Flavie et moi étions officiellement divorcés. Pour moi, c'était déjà la deuxième fois. Ne me demandez pas de vous en dire plus. Le linge, même très sale, ne se lave pas en public.

À compter de ce jour, rien ne pouvait plus continuer comme avant. Ma vie n'avait plus qu'un sens : une fuite permanente. Je comblais le vide affectif laissé par la séparation avec du matériel, du futile, du superflu. Évasion de l'esprit, pansement du cœur ? Sans nul doute. J'étais un homme amoureux et blessé. C'était beaucoup. Mais ma descente aux enfers n'allait pas s'arrêter en si bon chemin. En moins de temps que je ne l'aurais imaginé, j'allais devenir un ex-mari ruiné.

J'avais tutoyé les sommets ? Je touchais le fond. La dèche ! Fiché à la Banque de France, dépouillé de toute existence sociale, je n'étais plus rien, ou presque. Un « petit chose » sans le sou – et inutile de pleurer dans les chaumières !

C'est à cette même période que je rencontrai Vanessa, qui deviendra ma femme le 24 novembre 2011. Malgré nos difficultés à tous deux, elle m'a permis de survivre.

Oh, je n'en menais pas large. Mais, dans cette galère, je ne pouvais me permettre de sombrer. Je me le répétais sans cesse : « Ne baisse pas les bras ! » J'avais le devoir de donner le change. Pour elle, pour mes enfants. D'autant que, depuis juin 2007, j'animais chaque soir la quotidienne de « Secret

Story». Qui pouvait le croire? Qui aurait pu imaginer que cet animateur souriant, à l'humour décalé, avait tous les huissiers de France aux trousses? On aurait cru à une mauvaise blague. C'était pourtant bien vrai, hélas. Avant la première minute d'émission, l'intégralité de mes émoluments s'était déjà évaporée pour éponger une part de mes dettes. Situation schizophrénique: alors que ma vie privée relevait du pire cauchemar, on me demandait de faire rêver le grand public…

Comment avais-je pu tomber si bas? Je ne parvenais pas à me l'expliquer. J'avais pourtant besoin de réponses. Pour faire front, rebondir et m'en sortir.

Alors je me suis reclus dans mon bureau. J'ai ressorti, les uns après les autres, tous les dossiers liés à mes affaires financières. Il y avait forcément une explication. Il ne m'a pas fallu longtemps pour percer le mystère. Ma situation désastreuse était la conséquence d'une arnaque monumentale. J'avais fait confiance et j'avais perdu. Victime de ma crédulité.

L'injustice est pire que la malchance. Je l'ignorais, je venais de l'apprendre. Jusqu'ici, j'avais été préservé. Face à elle, nous sommes tous démunis. Moi comme tout le monde. Pas plus, certes. Pas moins non plus.

Cet accident de la route, tout bien pesé, est survenu au bon moment. En me jetant à terre, il m'oblige à me remettre sur pieds. Me battre ou périr. Je n'ai pas d'autre choix.

Hors de question, par ailleurs, de me laisser impressionner par les vautours qui sautillent déjà autour de ma dépouille. Le fauteuil d'animateur de «Secret Story» fait des envieux. Pour un peu, ces belles âmes m'aideraient à creuser mon propre trou et jetteraient même une pelletée de terre. Histoire que je libère la place...

Ces charognards n'ignorent qu'une chose : j'ai suffisamment d'épaules pour les affronter. Un trait de caractère hérité de ma famille. Malgré des différences marquées entre les branches maternelle et paternelle, elle est toujours restée soudée, contre vents et marées. J'ai donc de qui tenir.

Depuis, j'ai souvent pensé que mes quatre anges gardiens, mes quatre grands-parents, sont ceux qui m'ont sauvé. Deux femmes et deux hommes d'exception. Quand j'étais gamin, ils savaient me faire réagir. Avec leurs univers radicalement différents, ils m'ont ouvert les yeux sur le monde.

Si j'ai surmonté cet accident, si j'ai rebondi, si je suis toujours là, c'est pour eux. Ma manière de leur rendre, par-delà le temps, toute la joie et les plaisirs qu'ils m'ont offerts.

2

La vie en première classe

À quoi bon le nier : je suis né avec une cuillère en argent dans la bouche. On me l'a souvent reproché. Dès mon plus jeune âge. Aujourd'hui encore.

C'est injuste.

Désolé d'enfoncer une porte ouverte, mais on ne choisit pas sa famille. Or la mienne me convient très bien. Elle m'a formé. En son sein, j'ai reçu une éducation équilibrée. Un seul mot d'ordre : le respect de l'autre. Que ce soit du côté de ma mère, Catherine, ou du côté de mon père, Jean-Pierre. Deux personnalités connues du grand public, deux comédiens.

Fille de Simone Signoret et d'Yves Allégret, réalisateur qui fut en cour après-guerre, ma mère est indissociable de Ginou, le personnage qu'elle a incarné pendant tant d'années auprès de Roger Hanin, dans *Navarro*. Ginou tenait le bistrot où se retrouvaient le commissaire et ses célèbres «mulets».

Si, grâce à *Navarro*, ma mère a bénéficié d'une exposition incomparable, gardons-nous d'oublier qu'elle a également tourné, sur grand écran, sous la direction de prestigieux réalisateurs : Peter Ustinov, Costa-Gavras, Claude Lelouch, Philippe Labro, Claude Berri, Claude Sautet, Jean-Claude Brialy... On l'a même vue dans *Le Dernier Tango à Paris*, de Bernardo Bertolucci.

Un sacré CV, non ? Tout comme celui de mon père, que l'on réduit trop facilement à ses apparitions télévisées les plus médiatiques, qu'il s'agisse de la présentation, trois saisons durant, de «Fort Boyard», ou de l'émission de téléréalité «Première Compagnie». Je veux pourtant rappeler que lui aussi a joué pour les plus grands : Alain Cavalier, Jean-Pierre Melville, Pierre Granier-Deferre, Yves Boisset, Marcel Carné, Yves Robert, Robert Altman... Rien que ça ! Il est même apparu dans un James Bond, et pas des moindres : *Moonraker*. La classe ! Il pilotait un jet privé.

Il me plaît de le répéter : je suis fier de mes parents et admiratif de leurs parcours respectifs, si différents. Il n'empêche, j'ai subi l'influence de ces deux astres. Leurs polarités complémentaires m'ont construit. Elles ont fait de moi ce que je suis. Pour le meilleur et pour le pire, selon la formule rebattue. Pour le meilleur surtout.

Du côté paternel, mes grands-parents étaient dans la norme de leur époque. Un grand-père ingénieur. Une grand-mère – Mamie Oiseau – femme au foyer, heureuse d'avoir consacré sa vie à l'éducation de ses trois enfants. Modèle traditionnel, comme il en existe dans d'innombrables familles.

À bien y réfléchir, je me rends compte que, si j'évoque souvent Mamie Oiseau, je suis plus discret sur mon grand-père. Nous l'appelions «Papy Corbeau», en raison de son caractère quelque peu maussade. On peut dire qu'il fut à l'origine de l'électrification du continent sud-américain. Il avait longtemps vécu en Argentine, mais, originaire d'Oran, il avait gardé un accent pied-noir prononcé. Son vrai nom était Zagané. Je me souviens qu'il me donnait des leçons de mathématiques. Son visage arborait un air strict qui ne le quittait jamais. Quand l'idée saugrenue me vient de bricoler chez moi, une de ses sentences me revient toujours à l'esprit :

— La mécanique, quand ça ne passe pas, c'est que ce n'est pas dans le bon sens.

Pas si faux !

Du côté maternel, à l'inverse, l'extraordinaire était le quotidien. Comment aurait-il pu en être autrement ? Quand deux phénomènes, deux stars se rencontrent, ils donnent naissance à un couple de légende. Est-il nécessaire de vous les présenter ? Tout le monde les connaît. Une grand-mère oscarisée à Hollywood, Simone Signoret, et un beau-grand-père, Yves Montand, bardé de multiples talents : chanteur, acteur et… séducteur. J'ai du mal à réprimer un sourire tendre en repensant à cet incorrigible et charmant tombeur.

Une anecdote me revient en mémoire. Montand, évidemment, y tient le premier rôle. Une habitude. À ses côtés, une certaine Marilyn Monroe, si ce nom vous dit quelque chose. C'était en 1960. Les deux tournaient *Le Milliardaire*, à Los Angeles, sous la direction de George Cukor. Montand séjournait au Beverly Hills Hotel, sur Sunset Boulevard. Son bungalow n'était pas éloigné de celui de Marilyn. Plus même, situé juste en face. Simone Signoret, elle, était à des milliers de kilomètres. Arthur Miller, le mari de l'actrice, n'était pas non plus dans les parages. Un séducteur né et une croqueuse d'hommes dans un mouchoir de poche : situation risquée !

À la fin d'une journée de tournage, alors qu'elle était censée répéter une scène avec Montand, Marilyn prétexta un léger malaise pour regagner son appartement. En parfait gentleman, Montand lui rendit pourtant visite. Afin de prendre de ses nouvelles, bien sûr. S'assurer que la faiblesse de Marilyn n'était que passagère. Évidemment, ce soir-là, dans le bungalow 21A du Beverly Hills Hotel se produisit l'inévitable. Il suffit parfois d'un chaste baiser qui dérape. Marilyn savait y faire. Leur aventure fit des vagues, les gros titres des magazines que l'on n'appelait pas encore «people». Presse «à scandales», disait-on : l'expression avait le mérite de l'honnêteté.

À la suite de ce dérapage, par égard un peu tardif pour Signoret, Montand, toujours taquin, se permit d'affirmer que Marilyn, contrairement à Édith Piaf, ne lui avait pas laissé un souvenir impérissable. Qu'en pensa la blonde icône ? On l'ignore. Pas sûr qu'elle ait apprécié. Je peux la comprendre ! Montand, d'ailleurs, dans les confidences qu'il me fit, précisa : « La seule femme qui m'a bouleversé, en dehors de Signoret, c'est Shirley McLaine. » Signoret, elle, avait enterré l'histoire avec Marilyn d'une belle formule : « Vous connaissez beaucoup d'hommes, vous, qui resteraient insensibles en ayant Marilyn Monroe dans leurs bras ? » Il n'empêche. Entre

Montand et Signoret, plus rien ne fut exactement comme avant. Simone fulminait, sans pour autant envisager une séparation. Mais ils faisaient chambre à part et une certaine méfiance était désormais de mise. À jamais.

Des années plus tard, en 1999, dans ce même hôtel de Los Angeles, j'allais vivre à mon tour, d'une autre manière, une aventure extraordinaire. Comme si je tombais nez à nez avec mon destin.

En partant, j'avais une idée très précise en tête : réunir mes grands-parents, côte à côte, en apposant leurs deux étoiles sur Hollywood Boulevard. C'était devenu mon obsession. J'y voyais surtout l'occasion de rendre un suprême hommage à leur art. J'ignorais – le maire de la ville me l'apprit plus tard – que cette démarche ne pouvait être effectuée à titre posthume. Ça a récemment changé. Peut-être pourrai-je enfin mener mon rêve à bien.

Dès mon départ pour la « Cité des anges », une petite coïncidence m'avait troublé. Dans l'avion, j'avais été surpris d'entendre, en musique d'ambiance, « Les Feuilles mortes » de Prévert et Kosma, dans l'interprétation de Montand. Et ce n'était que le début. À mon arrivée au Beverly Hills Hotel, la direction m'apprit que j'avais été surclassé : agréable nouvelle et attention très délicate ! On m'installa donc dans un bungalow de grand luxe. Étrangement, le lieu me paraissait familier. J'en étais presque certain, mais j'avais besoin d'une confirmation. Pour lever le doute, j'appelai ma mère. Oui, me dit-elle, j'étais bien dans la chambre qui, des années plus tôt, avait hébergé mes grands-parents.

Hasard ou signe du destin ? Impression, en tout cas, que je suivais leurs pas. À la trace.

Lorsque je pense à mes grands-parents, maternels aussi bien que paternels, les souvenirs s'affolent et remontent en flèche.

De tout mon cœur, j'étais attaché à eux. Je le suis toujours. Je leur dois tellement. Après tout, ce sont eux qui m'ont élevé, en grande partie. Mes parents, bien sûr, étaient en première ligne. On ne me fera pas dire que je leur reproche leurs absences ! Bien au contraire. Avec le recul, j'en viens même à penser que mon éducation fut le fruit d'une belle dose d'inventivité. Cette tâche était répartie entre six personnes qui, toutes, s'occupaient de moi à leur manière. L'époque, certainement, favorisait la mise en avant des grands-parents et leur proximité avec les enfants.

Mes parents, de leur côté, n'avaient pas tort d'investir la plus grande part de leur énergie dans leur carrière sur petit et sur grand écran, mais aussi au théâtre. Loin de moi la tentation de les en blâmer. À leur place, je n'aurais pas agi différemment. Comment ne pas le comprendre ? Ils pouvaient difficilement tout mener de front. Pas simple de se trouver à la fois sur un plateau de tournage et à la sortie d'une école, de répéter ses répliques du lendemain et d'aider un mouflet à réviser ses leçons… Ils s'en remettaient donc à leurs propres parents pour s'occuper de moi. Avec une certitude ancrée en eux : en de telles mains, je ne manquerais jamais de rien. Et vous savez quoi ? Ils avaient raison. Cette capacité à se partager les rôles, en fin de compte, n'est-ce pas cela, la vraie générosité ? J'ai tendance à le croire. Une telle attitude est rare. Elle est d'autant plus précieuse.

S'il fallait résumer mon enfance et mon adolescence ? Six personnes rien que pour moi ! Mais ce n'est pas tout : trois espaces de vie, trois univers bien différents.

À Paris, dans le XVIe arrondissement, l'appartement de mes grands-parents paternels, où nichait ma chère Mamie Oiseau, était un agréable logement de 80 mètres carrés. Plus petit, bien sûr, que la maison de campagne de Montand : 600 mètres carrés habitables, un terrain de 7 hectares, une piscine, un tennis, une salle de cinéma… Enfin, pour m'accueillir après le divorce de mes parents, l'appartement de ma mère. J'avais quatre ans.

Certains s'imaginent qu'avoir grandi écartelé entre ces antipodes n'a pu que me perturber. Combien ai-je entendu de remarques dans ce sens ! Je ne cesse de les contredire. La réalité, la voici : un véritable équilibre s'établissait entre le cadre de vie luxueux de Montand et Signoret et l'existence plus « normale » de Mamie Oiseau. Mon équilibre. Celui du gamin et de l'ado que j'étais. Celui de l'homme que je suis devenu.

Éparpillée entre plusieurs foyers, mon éducation n'a pas été bâclée. Bien au contraire. Je me suis nourri de l'expérience et de l'intelligence de chacun. Une vraie richesse. Plus un arbre a de racines, plus il a de chances d'atteindre le ciel.

Si je faisais de mon mieux pour donner satisfaction, j'étais parfois dissipé. La tête ailleurs. Cette habitude, très jeune déjà, de bâtir des projets, de jongler avec les idées, d'avoir mille envies à concrétiser. Pas forcément, pour ce qui est de la rigueur, ce que l'école attendait de moi.

L'année de mes onze ans, j'ai compris. Mes notes n'étaient pas vraiment brillantes. Je naviguais entre le moyen et le médiocre. La punition fut radicale. Le jour de Noël, aucun cadeau sous le sapin. Malgré mon jeune âge, j'avais retenu la leçon. Je venais d'apprendre une règle essentielle : tout se mérite, tout doit se gagner. Inutile, autrement, de se plaindre. Libre à moi de suivre toutes mes inspirations, mais à une condition : ne jamais négliger les figures imposées. Première de ces épreuves obligatoires : une bonne éducation.

Plus tard, en âge de gagner ma vie, j'ai souvent repensé à ce Noël. Pour qu'il ne se reproduise jamais, j'ai sans cesse visé le meilleur, l'excellence. J'avais choisi ma ligne de vie, aucune autre voie ne pouvait me convenir. Mon objectif : me faire plaisir et être récompensé de mes efforts. J'en connais que cette ambition-là fait grincer des dents. Pas les miennes. J'assume.

C'est ainsi que, fou d'automobile depuis mon très jeune âge, j'ai toujours rêvé de posséder des voitures de légende. Celles qui, au cinéma, me rendaient dingue. Je voulais être Steve McQueen dans *Bullitt*, James Bond au volant de ses luxueux bolides. Un exemple : l'Austin DB5 pilotée par Sean Connery dans *Goldfinger*. Je considère cette voiture comme la plus belle de toutes. N'ayez crainte : je n'oublie pas la Ferrari 308 GTS de *Magnum*, ma série culte, avec Tom Selleck. Pourquoi viser bas ?

Ma première voiture puissante : une BMW Z3M coupé. Dès que j'en ai eu la possibilité, je me la suis achetée. Puis j'ai craqué pour une Porsche. J'étais heureux, mais pas encore comblé. Alors je me suis acheté une deuxième Porsche, puis une Aston Martin, une Ferrari... J'en passe et des plus belles. J'étais aux anges.

Imaginez mon bonheur lorsqu'un magazine, *Paris Match*, m'a proposé, des années plus tard, de tester l'Alfa Roméo 8C ! Le modèle m'attendait au pied de la tour Eiffel. Il semblait sorti d'une BD de Michel Vaillant, avec son long capot pointu qui lui donnait des airs de Batmobile. J'ai traversé Paris au volant de cette merveille de 450 chevaux. C'est Montand qui m'a transmis la passion des belles et grosses cylindrées. Je le revois au volant de sa Ferrari 365 GTB. Le bruit du V12 signalait, de très loin, son arrivée. Un régal pour les oreilles et pour les yeux.

Ma passion de l'automobile, hélas, a flanqué un sale coup à ma réputation. En France, il faut savoir garder profil bas. Par malheur, ce n'est pas mon genre. Et ça commence à se savoir. Bref, on me regardait d'un œil sévère. Le verdict tombait, toujours le même : « Flambeur ! » Je ne compte plus le nombre de fois où l'on m'a jeté ce qualificatif à la figure, en guise d'insulte. Flambeur, et alors ? Aurais-je dû me défiler, implorer le pardon, nier l'homme que j'étais ? Hors de question. Oui, j'étais un flambeur. J'aimais les beaux éclats de la vie et les belles carrosseries. J'aimais ce qui brille. Je n'ai d'ailleurs pas changé, envers et contre tous les coups du sort. Mettez-vous à ma place : pouvais-je me comporter autrement ? J'avais eu une enfance en or. Il me paraissait logique, normal, obligatoire de faire du reste de ma vie une création exceptionnelle. Pas par prétention ! Uniquement par défi. Ce même défi qui a failli me tuer.

Le défi : un beau mot et, plus que tout, mon moteur. Je me souviens qu'il figurait en couverture d'un livre à couverture blanche et rouge. Le héros de ce roman était un joueur professionnel, inventeur d'une méthode imparable pour gagner au casino, fondée non sur une martingale, mais sur l'étude des données physiques de la roulette…
Comme lui, le défi guide chacune de mes actions. Il me permet de me dépasser. Pourquoi se dépasser ? me direz-vous. Boris Vian vous répondrait : la question ne se pose pas, il y a trop de vent. Et moi, j'aime rester en vol. Car je dois l'admettre : je suis un insatisfait chronique. La paresse et la facilité sont mes ennemies personnelles. Tout le monde, autour de moi, applaudit une ébauche prometteuse ? Je râle, je trépigne, je rouspète, persuadé que l'on doit pouvoir faire mieux. La demi-mesure, très peu pour moi. En général, la suite montre que j'ai eu raison d'insister.
L'insatisfaction : si cette pathologie n'existait pas, on devrait l'inventer. J'en serais l'ambassadeur. Longtemps, le perfectionnisme m'a rongé de l'intérieur. Poussée à l'extrême, cette manie peut se révéler destructrice. Car après tout, à l'impossible, nul n'est tenu. Sauf moi, apparemment… J'ai d'ailleurs

tenté d'aller voir « quelqu'un » – comme on dit pudiquement – pour me guérir de ce « handicap ». M'allonger sur un divan n'a pas servi à grand-chose. Sachant trop bien à quoi m'en tenir sur moi-même, j'avais parfaitement identifié mon problème. C'était un bon début pour le résoudre !

Le psy, toutefois, a su mettre des mots, tirés du lexique adapté, sur mes réflexions et mes cogitations. Éternel insatisfait, j'étais victime de ce qu'il appelait le « principe du bras trop court ». J'ai adoré la formule. Elle renvoie au gamin que j'étais, choyé, qui en voulait toujours plus. À qui l'on offrait, s'il le méritait, de transformer ses rêves en réalité.

Comment pourrais-je oublier ce jour de l'année 1977 ? J'ai sept ans et Yves Montand, beau-grand-père, que j'ai toujours considéré comme un vrai grand-père, me propose une visite du *Concorde*. Je n'en reviens pas ! La ligne Paris-New York venait tout juste d'être mise en service. Fan d'aviation, je suis particulièrement fou de cet appareil en forme de fusée, qui représente, pour moi, la puissance et le luxe à la française. On ne pouvait pas me faire plus beau cadeau.

J'arrive à Roissy des étoiles plein les yeux. Aujourd'hui encore, il me semble que c'était hier. Montand et moi, accompagnés de ma mère et d'une de ses amies, montons à bord. On me bichonne. Le commandant me fait visiter le cockpit du supersonique. Il me montre chaque manette, détaille la fonction de chaque instrument. Je suis aux anges, ne sachant plus où donner de la tête. Et, tandis que les voyageurs prennent place progressivement, l'hôtesse de l'air amorce les annonces d'usage. Moi, je ne sais plus où je suis, je ne touche déjà plus terre – et pourtant, l'appareil est au sol ! Hélas, j'ai bien conscience que, dans une poignée de minutes, on va me demander de quitter l'avion avant le décollage. Déjà je me lève pour me diriger vers la sortie, un peu triste, un peu bougon, tel un gosse auquel on va confisquer son jouet.

Mais non. Je revois la «banane» de Montand, ce sourire si familier qui éclairait son visage. Comme dans une superproduction *made in Hollywood*, il m'attrape avec sa grande main, hilare, et me demande de m'asseoir. La visite du *Concorde* ? Un leurre. Nous allons décoller, je vais m'envoler. Quelle surprise fantastique ! Ma mère, dans la confidence, a préparé les bagages en cachette, dans la nuit. Et l'équipage d'Air France a su tenir sa langue. Grâce à Montand, nous partons tous ensemble pour un petit tour aux States. J'en garderai des souvenirs indélébiles, un de ces tatouages que la vie imprime sur nos âmes, à chaque étape marquante de l'existence.

À peine trois heures plus tard, nous voilà à New York. Montand a réservé une suite à l'Algonquin, un palace qui l'avait accueilli autrefois avec mamie. Et ce n'est que le début ! Après avoir croqué Big Apple tel un affamé, voici que le paradis des joueurs s'offre à moi : Las Vegas. Une fois de plus, je profite d'un luxe presque indécent. Nous sommes installés dans une suite du Caesars Palace, un petit 800 mètres carrés… Terrain de jeu inouï pour un enfant.

Je n'ai jamais cessé de «courir» après ce voyage, après les souvenirs que j'en avais. Il fut un socle, un événement fondateur dans ma vie. Il m'a permis de savoir que je ne voulais pas d'une vie normale, comme c'est aujourd'hui le désir de la plupart, mais d'une vie exceptionnelle. J'ai également compris, dès cet âge, que si l'argent ne fait pas le bonheur, il y contribue sacrément. Pourvu que l'on sache le manier et le dépenser, évidemment.

Il me faut bien reconnaître, toutefois, que j'ai sans doute été trop habitué à l'aisance. Mais quoi, je n'y pouvais rien. C'était ainsi, tout simplement. Le retour à la réalité, lorsqu'il se produit, n'en est que plus rude.

Ma première prise de conscience remonte à mes dix-sept ans. Nous partions avec ma fiancée Valérie, qui allait devenir ma femme, aux Antilles. En entrant dans l'avion, je prends place en première classe, sans me poser de question. Normal… et complètement idiot. Très vite, l'équipage me regarde de travers. Un steward finit par me préciser à l'oreille que j'ai dû faire erreur. Nos sièges se trouvent un peu plus loin, derrière le rideau. Je le dévisage avec un mélange d'incrédulité et de colère – colère contre moi-même, avant tout.

Un peu gênés, ma fiancée et moi quittons nos sièges et traversons le couloir jusqu'au rideau suivant. À cet endroit, les sièges semblent un peu moins confortables. Qu'importe : nous sommes toujours en classe business. Un autre steward s'approche. Je vois poindre un moment plus embarrassant encore que le premier. Il nous demande, en effet, de poursuivre dans le couloir. Nos places se trouvent un peu plus loin, en classe économique. Je n'ai encore jamais vu autant de fauteuils par rangées ailleurs qu'au cinéma ou au théâtre ! Je manque partir dans un fou rire. Avant de me renfrogner. Je doute fort d'apprécier le manque d'intimité et la promiscuité entre voyageurs. Le vol confirme mon pressentiment. Refroidi par cette mauvaise surprise, je me jure désormais, quoi qu'il arrive, de toujours voyager dans la meilleure classe possible. Là est ma place, et pas ailleurs. Je n'ai eu, depuis lors, de cesse de la retrouver.

Écrivant ces lignes, j'ai bien conscience de passer pour une tête à claques, un mégalo au melon gros comme le Ritz ! N'oubliez pas que j'avais dix-sept ans. Mes pensées n'étaient que le reflet d'une ambition très forte – et, sans doute, d'une certaine maladresse et de l'inexpérience. J'étais habité par une rage de réussir dont l'origine se trouve, j'en ai la certitude, dans l'envie inconsciente de reproduire le modèle que j'avais toujours connu. Un modèle qui m'avait en grande partie façonné et fasciné : le couple Montand-Signoret.

3

De qui ne pas tenir

Autheuil-Authouillet… Ce nom ne vous dit peut-être rien. Il me permet, moi, de m'évader, de prendre le chemin des fugues sentimentales, ce petit chemin qui sent les bons souvenirs…

Ce nom, c'est celui de la commune où se dressait la maison de campagne de Montand et de ma grand-mère. De loin mon plus beau souvenir d'enfance. La demeure – que nous appelions « le château » – était mon cocon. Mon havre de bonheur. Le camp de base, aussi, de toute notre famille. On s'y retrouvait souvent pour des réunions festives. Il y avait des éclats de rire, de la joie, des mots hauts en couleur. Les lieux, et ceux qui leur donnaient vie, faisaient battre mon cœur.

En comparaison, les maisons de campagne de mes camarades paraissaient peu plaisantes à l'enfant que j'étais. Je les trouvais ternes, elles me rebutaient. Je m'y ennuyais. Je me rappelle d'ailleurs, non sans honte, avoir un jour refusé de rester chez un ami dont j'étais l'invité. J'avais appelé ma mère pour qu'elle vienne me chercher. Pourquoi m'était-il impossible de passer une seconde de plus dans cette maison ? Sûr de mon fait, je n'eus aucun mal à en donner la raison : cet endroit sentait le vieux, le moisi.

À Autheuil, je n'appréciais pas seulement le luxe. J'ai surtout découvert la campagne. Mon âme bucolique – mais oui – s'y est épanouie. Cette maison fut pour moi synonyme d'espace et de nature. Heureux d'y jouir sans entraves d'un environnement privilégié, je m'y rendais régulièrement. Seul, parfois. Afin de m'y ressourcer, comme disent les magazines, de puiser l'inspiration ou simplement de me reposer. Je retrouvais alors les gardiens du domaine : Georges et Marcelle. Ils veillaient sur moi. Je les accompagnais dans leurs tâches quotidiennes. Ils m'apprenaient à traire les vaches, à nourrir les moutons, à m'occuper du potager. Je les ai beaucoup aimés. Une tendresse qu'ils me rendaient au centuple.

Je sens encore la rudesse des paumes de Marcelle sur mon torse, lorsqu'elle m'appliquait de la pommade Vicks pour me guérir d'un mauvais rhume. C'était des mains de paysanne, d'amoureuse de la terre. Amour contagieux et qu'elle sut me communiquer.

Georges, lui, m'emmenait souvent à la chasse. J'étais encore très jeune lorsqu'il m'en fit la proposition. Nul besoin de réfléchir, j'acceptai aussitôt ! Nous partions de bon matin, ayant avalé, en guise de petit déjeuner, une épaisse tartine de rillettes. Pendant des heures, nous marchions dans la forêt, les pieds dans la boue. Ces excursions me ravissaient. Je n'avais pas conscience, dans ces instants de quiétude, de vivre des moments privilégiés. Ils l'étaient doublement, puisque je ne les ai jamais retrouvés. Je dois vivre avec ce paradoxe d'aimer à la fois les choses les plus simples de la vie et de m'accrocher, au-delà du raisonnable, aux plus futiles. Entre les deux, mon cœur n'a pas loisir de balancer. Au contraire : je prends tout et ne laisse rien. Je suis ainsi fait.

Jusqu'à l'âge de quatorze ans, j'ai donc vécu au croisement de deux univers qui me convenaient idéalement : petits et grands luxes d'un côté, élémentaire simplicité de l'autre. Au point de jonction de ces plaisirs contraires, moi seul en connaissais l'unité secrète, moi seul en détenais la clé. J'aimais, à Autheuil, mon lien à la terre, à la nature. Je m'émerveillais, à chacune de mes visites, d'ouvrir les placards remplis de pots de confiture et de conserves. De quoi tous nous nourrir pendant plusieurs années ! D'autant qu'au potager croissaient les légumes les plus variés. À ce propos, Montand aimait souvent lancer, avec une pointe d'insolence et beaucoup d'humour, cette jolie fusée :

— Mangez donc cette salade, elle ne me coûte que 6 000 francs par mois !

Il voulait parler, bien sûr, de tous les frais d'intendance indispensables à la bonne marche du « château ». Toujours est-il que, grâce à leur labeur et à leurs soins, nous trouvions sur notre table, à chaque repas, la plus savoureuse des laitues, plus connue sous le nom consacré de « salade du jardin ». Avec drôlerie, Montand soulignait notre chance, sans jamais insister sur ce que nous lui devions. Je dois dire que son humour percutant visait toujours pleine cible ! Il avait cette subtilité, ce cynisme, parfois, et cette légère gouaille qui faisaient de lui l'homme le plus drôle que j'aie jamais rencontré.

Fruits bien mûrs et gorgés de soleil, légumes au goût divin : j'ai appris à Autheuil l'art de se nourrir soi-même et de s'auto-suffire, sans dépendre de rien ni personne. J'ai retrouvé cette leçon dans un roman qui m'a marqué à jamais : *Vendredi ou les limbes du Pacifique*, de Michel Tournier, magnifique variation sur le *Robinson Crusoé* de Daniel Defoe. C'est devenu mon livre de chevet. Pourquoi ? J'y percevais un écho à ma vie. Le « château » d'Autheuil-Authouillet était mon île déserte, assez grande pour tous mes jeux d'enfant. Une sorte de refuge où la solitude ne me faisait pas peur. Bien au contraire, je savais l'apprécier et, grâce à l'attention de Georges et Marcelle, je ne m'y ennuyais jamais.

Si, à la maison, la nature et le goût de la terre faisaient l'unanimité, la politique, elle, a fini par devenir un sujet à haut risque, comme dans bien des familles. La mienne ne faisait pas exception. Bien qu'elle eût brisé, entre autres, les liens étroits qui unissaient Montand à son frère Julien, la politique n'a jamais cessé d'alimenter – et d'enflammer – nos conversations. L'art du compromis n'était pas vraiment notre domaine d'excellence ! Chacun défendait son point de vue avec pugnacité. Comme on le dirait aujourd'hui en bon français, ça « fightait » !

J'ai toujours vu mes grands-parents s'engueuler à cause de la politique. Des frictions parfois très violentes. Les convictions ouvertement de gauche de Signoret, notamment, exaspéraient Montand. Elles étaient pourtant connues. Montand lui-même, un temps, les avait partagées. Avant de s'en éloigner et de basculer, sous l'influence amicale d'Alain Minc, du côté du libéralisme. Il avait même présenté, en 1984, une émission spéciale qui avait fait grand bruit : « Vive la crise ! » Drôle de titre, et drôle de rôle pour Montand, dont les mots de conclusion firent grincer plus d'une dent : « Ou on aura la crise. Ou on ne l'aura pas. Dans les deux cas, nous aurons ce que nous méritons ! »

Signoret, pour sa part, n'a jamais varié. Même si elle dénonçait, avec lucidité, les errements et les excès du communisme et la radicalité en politique. Son autobiographie, *La nostalgie n'est plus ce qu'elle était*, ce texte si touchant, nous la livre telle quelle. Elle n'hésitait jamais à prendre publiquement position. Elle fréquentait Sartre, Beauvoir, Jorge Semprun. Elle incarnait ce que l'on appelait alors la « conscience de gauche ». Je suis certain que, de nos jours, elle se mobiliserait pour de nombreuses et nobles causes. Celle des « migrants » et des réfugiés syriens, notamment. Ne fut-elle pas à l'origine, à la fin des années 1970, avec Bernard Kouchner, de l'opération « Un bateau pour le Viêtnam » ? Je voyais pour ma part, en gamin que j'étais, d'un très mauvais œil le risque potentiel d'une invasion de mon espace vital et enfantin d'Autheuil.

C'est un fait : mes grands-parents étaient engagés. Enfant, j'ai été témoin de leurs discussions et de leurs désaccords. Dans la salle à manger du « château », un planisphère faisait d'ailleurs office de tremplin aux plus belles envolées géopolitiques.

À la fin des repas, chacun venait y appuyer ses arguments ou contredire ceux de l'«adversaire» du moment. J'écoutais religieusement, ne comprenant pas toujours les subtiles leçons que me donnait Montand, carte à l'appui. Aujourd'hui, j'en suis persuadé : si j'ai décroché, des années plus tard, un 19/20 en histoire-géographie au baccalauréat, c'est à ces cours informels que je le dois. J'étais un tout petit peu fier !

Si, à Autheuil-Anthouillet, les discussions fusaient tous azimuts et sans aucune censure, chez la mère de mon père, les conversations prenaient un autre tour, plus orientées à droite. Mamie Oiseau, assez ferme dans ses convictions, était moins ouverte au débat. Conservatrice, elle avait des idées bien arrêtées et ne se gênait aucunement pour proférer des sentences parfois désobligeantes. Elle n'avait pas sa langue dans sa poche, surtout quand il aurait fallu l'y laisser.
Sur les juifs, par exemple, je l'ai entendue dire bien des sottises. Je lui rappelais alors que je l'étais un peu moi-même, par Simone Signoret, dont le père André Kaminker, d'origine polonaise, était de confession juive. Sans se départir de son sérieux, elle me répondait tout de go :
— Mais non, pas toi, mon chéri, ce n'est pas pareil !
Elle enchaînait parfois, avec un mélange d'humour et de balourdise :
— Un émir n'est pas un Arabe !
Ses propos, je le sentais bien, étaient indéfendables. Ils le sont toujours. Mais j'ai vite fait la part

des choses. Les «idées» de Mamie Oiseau étaient partagées par une large frange de la population, comme elles le sont toujours. Elle faisait partie de cette France qui a peur et qui se sent bafouée. Je n'étais pas d'accord avec elle, mais je n'avais aucune honte à en avoir. Son cas n'avait rien d'exceptionnel, voilà tout. En l'écoutant, je finissais même par la comprendre, à défaut de l'approuver. Elle me racontait, la voix tremblante d'énervement, les difficultés qu'elle rencontrait pour obtenir des remboursements de la Sécurité sociale. Car Mamie Oiseau souffrait d'un cancer à un stade avancé. Les soins étant trop onéreux, elle devait presque tout débourser de sa poche. Or il lui paraissait insupportable et injuste de voir, comme elle disait, «des Noirs s'échanger leurs cartes de Sécu», sans que nul ne s'en inquiète. Et ses réflexions ne s'arrêtaient pas là… Je ne la suivais pas sur ce terrain. Mais il y avait tant d'émotion, tant de douleur dans ces «anecdotes». Comment serais-je resté de glace? Je m'efforçais de la comprendre et de fermer les yeux sur le racisme ordinaire que trahissaient ses réflexions. Pas simple, mais j'y parvenais. Par amour pour elle.

Que m'a apporté, en fin de compte, la double «éducation politique» que j'ai reçue? Une conviction très simple, une évidence: la vie n'est pas manichéenne. Les gentils ne sont pas tous au paradis, les méchants pas tous en enfer. D'ailleurs, il n'y a ni gentils ni méchants. Rien n'est tout blanc ou tout noir. «Malheur à moi, je suis nuance», a dit un philosophe. Bien vu.

Voilà pourquoi je ne suis ni de gauche ni de droite. Pas même du centre. Apolitique, en somme. Ce qui ne m'empêche pas d'avoir des idéaux : justice, mérite, reconnaissance. Hélas, ces valeurs ne trouvent guère d'échos dans la vie politique actuelle ! Voilà qui est dit.

Après le temps de la formation, de l'éducation, j'ai connu celui des drames intimes. En l'espace de sept années, mes quatre grands-parents ont disparu l'un après l'autre. Rien ne prépare à de tels chocs.
Le coup de tonnerre fut le décès de ma grand-mère, Simone Signoret, le 30 septembre 1985. J'avais quinze ans. Ma première confrontation avec la mort. Ce jour-là, un ami de la famille était venu me chercher au collège. Il n'osait pas parler. Sur la route du retour, la radio annonça la nouvelle. Qui passait en boucle. De nombreux hommages étaient rendus à la carrière de Signoret, à sa personnalité, à la femme d'exception qu'elle était. C'est alors que j'ai vraiment pris conscience de ce qu'elle avait accompli, de ce qu'elle représentait. Je connaissais son importance dans ma vie, mais j'avais méconnu le regard que le monde entier portait sur elle, l'actrice oscarisée en 1960 pour *Les Chemins de la haute ville*, prix d'interprétation féminine au Festival de Cannes, César de la meilleure actrice pour *La Vie devant soi*, d'après le roman de Romain Gary, *alias* Émile Ajar, en 1978. Jusqu'à l'inconsolable nouvelle de sa mort, je m'étais plus intéressé aux performances de Jimmy Connors, Yannick Noah et John McEnroe à Roland-Garros qu'au parcours d'artiste de ma grand-mère.

J'aurais, par la suite, tout le loisir de le regretter. Et de me rattraper.

La mort de Signoret a profondément changé la physionomie de notre famille. Montand n'a perdu que peu de temps avant de refaire sa vie. Dont il nous a écartés, non par hostilité, mais pour se reconstruire autrement. Plus librement. Il disait d'ailleurs très souvent :

— On ne recommence pas sa vie, on la continue.

Ce précepte, il l'a appliqué à la lettre. À telle enseigne que la maison de campagne que j'avais toujours connue cessa, du jour au lendemain, de m'être accueillante. Ma grand-mère était morte et Montand, lâchement peut-être, avait pris congé de nous. Je me suis senti déraciné, tout comme ma mère, qui en a beaucoup souffert. Son « château » était parti en fumée. Elle n'aurait de cesse de lui trouver un substitut. Confronté à un tel tremblement de terre, je me sentais impuissant. Je ne disposais d'aucune arme pour faire bouger les choses. Trop jeune...

La suite ne fut pas plus réjouissante. Sentiment d'accélération morbide. Peu après Signoret, Mamie Oiseau nous quittait à son tour, le jour du mariage de sa fille cadette. Ce qui aurait dû être une fête a pris, d'un coup, un triste goût de deuil. Mon grand-père paternel, inconsolable d'avoir perdu son épouse, la suivit de peu. Dernier à s'inscrire à l'obituaire, en 1991 : Montand. Six mois après notre rapprochement. À la suite de la naissance de son fils Valentin, il était inquiet. Le temps, qui passe toujours trop vite, le tracassait. Il savait qu'il ne verrait pas grandir son petit. Il a certainement transféré sur moi la tendresse qu'il ne pourrait lui offrir plus tard. J'en étais infiniment touché et heureux.

Le temps de l'enfance, je le savais, prenait fin. Rideau. Redistribution des cartes. Mon statut au sein de la famille, désormais, allait changer du tout au tout.

Ce déchirement, la douleur de perdre des êtres aimés, s'est réveillé des années plus tard, en même temps que les ennuis financiers m'accablaient. Impression de sauter dans le vide. Et de m'écraser au sol, inerte. Poitrine douloureuse. Je souffrais d'un mal diffus. Jusqu'à mon accident, j'ai toujours senti en moi une sorte de blocage, une incapacité à réagir concrètement aux événements, une certaine propension à subir ma vie. Je n'étais pourtant pas à court d'idées, pas en manque d'énergie...

Pour réparer cette sensation que mon enfance avait filé entre mes doigts, pour que mes enfants n'aient jamais à en souffrir, j'ai voulu leur offrir une maison, que dis-je : un «château». Un lieu dédié à la vie de famille, pareil à celui que j'avais connu à Autheuil, ou chez Mamie Oiseau. Un lieu où se régénérer – se reconnaître, aussi. Ce «château», je l'ai acheté. Il n'a jamais abrité qu'un mirage de bonheur. Jusqu'au jour où on me l'a enlevé. Je commençais à avoir l'habitude...

Dépouillé, je n'avais plus qu'un devoir : ne pas oublier les leçons de ma jeunesse. Et y revenir, pour mieux rebondir.

4

Mes apprentissages

Gâté par la vie, ne manquant de rien, j'ai eu la chance de recevoir une éducation épanouissante et qui n'avait que peu à voir, d'ailleurs, avec les exubérances propres au milieu professionnel de mes parents et de mes grands-parents maternels. Tout au long de mon enfance, bien au contraire, je n'ai cessé d'entendre les adultes parmi lesquels je vivais me seriner l'importance du mérite. Tout se gagne dans la vie, me répétait-on. La réussite ne peut être que la récompense d'un travail acharné. Toujours le même son de cloche, classique et vaguement moralisateur, mais réconfortant. Les succès faciles? Très peu pour eux. J'ai très vite compris qu'il serait vain de leur réclamer le moindre passe-droit. Ils m'offraient leur amour. Pour le reste: à moi de faire mes preuves. Ma foi, je n'y voyais pas d'inconvénient.

Parce qu'eux-mêmes avaient été élevés dans ce credo, on m'enseigna que la seule voie possible, l'unique moyen d'arriver à mes fins, serait l'école. Elle seule avait de la valeur à leurs yeux. Si j'étais bien souvent las de les entendre me rabâcher ce refrain, je les remercie aujourd'hui. Il m'a forgé plus que je ne l'aurais cru. Ainsi, ai-je fini par reproduire le discours de mes aînés. Mes fils, des râleurs qui ont de qui tenir, me le confirment chaque jour ou presque. Je me contente d'en sourire : aurait-il, tandis que j'écris ces lignes, décroché son baccalauréat s'il ne m'était rien resté de ce matraquage ? L'aurais-je eu moi-même, si l'on ne m'avait pas un peu forcé la main ?

Tout cela me paraît si loin aujourd'hui… Si j'ai fini par oublier les contraintes, je ne conserve que de bons souvenirs de mes années d'écolier. Élevé dans une famille aisée, j'ai eu la chance de fréquenter des établissements cotés. Nulle raison de m'en plaindre ni de m'en vanter. J'ai usé mes premiers fonds de culotte sur les bancs de l'École alsacienne, rue Notre-Dame-des-Champs, dans le VIe arrondissement de Paris. À ma grande honte, je n'ai gardé que peu de souvenirs de cette école élémentaire huppée, si ce n'est la proximité du jardin du Luxembourg. Beaucoup de filles et fils à papa, nimbés d'un parfum d'argent, celui qu'on ne compte pas, discret mais entêtant. Mais aussi, une certaine rigueur, pour ne pas dire une rigueur certaine. Cependant ma mémoire n'a pas fixé d'images fortes de ce temps béni. Pas de mauvais souvenirs, mais peu de souvenirs.

À partir de 1981, tout change. L'événement de l'année, pour moi, n'est pas l'élection de François Mitterrand à la présidence de la République, mais mon entrée en sixième. Un passage symbolique que je vis, comme tout enfant de mon âge, comme une véritable ordalie. Dans mon esprit, cette étape naturelle est l'équivalent d'un grand bond dans la cour des grands, une sorte de promotion miraculeuse. Mais surtout, découverte bouleversante : j'entre dans l'âge des amitiés fusionnelles et des affinités électives.

De tous les biens, j'ai toujours pensé que l'amitié est le plus précieux – du moins, en ce qui me concerne. Aussi je le cultive avec opiniâtreté. Ce trésor, je l'ai découvert par hasard, sous la forme d'un double coup de foudre. Première rencontre déterminante : celle de Thomas Cheysson, fils du ministre des Relations extérieures du gouvernement de Pierre Mauroy. Deuxième rencontre déterminante – et concomitante : Benjamin Badinter, dont le père, célèbre avocat devenu garde des Sceaux, vient de faire passer la loi abolissant la peine de mort en France. Nous devions nous suivre jusqu'en fin de collège, au terme de l'année de troisième. En un clin d'œil, nous sommes devenus plus inséparables que les trois mousquetaires d'Alexandre Dumas qui, contrairement à nous, étaient quatre. De nous trois, qui était d'Artagnan ? Porthos ? Aramis ? Athos ? Nous ne nous étions pas réparti les rôles et notre devise n'était pas : « Un pour tous, tous pour un ! », mais plutôt : « Trois casse-cou, quatre cents coups ! » Car pour ce qui est de faire les zouaves, nous ne nous en sommes pas privés !

À cette époque, mes parents étant déjà séparés, je vivais en semaine chez ma mère. Quand venait le week-end, j'avais l'impression de m'évader ou d'être en permission. J'en profitais pour disparaître chez Thomas, dans l'enceinte du Quai d'Orsay.

Sacré terrain de jeu, croyez-moi! Les lieux, cossus, ne m'impressionnaient pas. Certes, j'étais sous le charme du luxe et des dorures que ce palais de la République offrait à voir. Mais je n'avais aucune idée de son importance stratégique et des fonctions exactes du père de Thomas. Toujours est-il que je n'y allais pas à reculons! Imaginez ce qu'un tel décor représentait pour des préados d'une douzaine d'années. Par des portes dérobées nous accédions sans barrage aux appartements du ministre, et même à son bureau, où se négociaient tant de décisions importantes. Nous y passions souvent des heures, multipliant les petites bêtises et chipant du papier à en-tête. Notre jeu favori, ce n'était ni les parties de cache-cache, ni les courses-poursuites. Il aurait pu s'appeler: «Vis ta vie de ministre!» Dans notre imaginaire d'enfants, cela consistait à nous prendre pour de grands personnages et à mener la France à la baguette, à grands coups de décrets plus déments les uns que les autres. Tout ce qui nous passait par le crâne, nous l'inscrivions noir sur blanc, sur papier à en-tête de la République. Plus c'était farfelu, moins c'était malvenu! Quant au personnel mis à notre disposition, nous en profitions sans complexe et à discrétion. Toujours servis avec empressement par des valets accoutrés d'éternelles vestes blanches et de cravates noires, nous ne pouvions que nous laisser prendre à ce jeu de rôles.

Avec le temps, l'âge venant, nous avons fini par délaisser les bureaux gigantesques du Quai d'Orsay pour... les toits du ministère, moins fréquentés et plus adaptés aux jeux de l'adolescence. Ce décor de zinc et de balustrades devint notre repaire Sous le ciel de Paris, jouissant d'une vue grandiose, nous nous installions confortablement, clope au bec et des rêves plein la tête. Décidés à ne pas fermer l'œil de la nuit, nous échafaudions nos vies pendant des heures. Les étoiles et la lune, uniques témoins de nos confidences, veillaient sur nous.

Au petit matin, après avoir discuté des heures durant, s'imposait une visite protocolaire aux réfrigérateurs de la République. Conscients de nos devoirs, nous leur rendions tous les honneurs dus à leur rang. Foie gras, caviar, gargantuesques plateaux de fromages, baguettes fraîches et croquantes, viennoiseries diverses… Notre tact diplomatique ne méprisait aucun de ces présents. En d'autres termes, nous leur faisions subir un pillage en règle. Et, persuadés d'être des rebelles, nous concluions crânement nos agapes par un bol de café plébéien. *Vade retro*, porcelaine, tasses et verre en baccarat! Dieu que nous étions snobs et sots… ou simplement naïfs, comme on l'est à cet âge.

Outre ces moments partagés de bonheur sauvage, Thomas et moi étions aussi unis par une passion commune : le cinéma. Plus que tout le reste, c'était le ciment de notre amitié. Quand nos copains du même âge passaient leur temps à taper dans un ballon ou à frapper une petite balle jaune, nous inventions des scénarios et dirigions des acteurs, le plus sérieusement du monde. Amusés par notre entrain et notre volonté, mes parents nous aidèrent à réaliser notre premier film. Nous avions déjà le titre : *La Fugue*. Truffaut et ses *Quatre cents coups* n'avaient qu'à bien se tenir ! Tout ce que je puis en dire aujourd'hui est que ce ne fut pas une mince affaire...

Un ami de mon père, Xavier Gélin – que nous appelions «Zazi» –, nous prêta sa caméra vidéo. J'ai pour lui une pensée particulière. Il est mort en 1999, à cinquante-trois ans, des suites d'une longue maladie, comme on dit en pareil cas. Fils de Daniel Gélin et de Danièle Delorme, immenses comédiens, demi-frère de Fiona et Manuel Gélin, de la belle et regrettée Maria Schneider également, Xavier était le plus drôle et le plus délicat des hommes. Un enfant de la balle, lui aussi.

Le tournage commença pendant les vacances scolaires. Une manière d'école buissonnière, tellement plus séduisante que la vraie! Nous faisions même participer nos camarades de classe, auxquels nous imposions nos airs de grands professionnels. L'un d'eux, toutefois, avait un pied dans le métier: Mathieu Gain était déjà comédien. Nous étions admiratifs. Notre bonne volonté et toute notre ambition n'ont pas pu faire, hélas, que ce premier court-métrage marque une date dans l'histoire du septième art. Mais nous n'avions que douze ans. Tous les espoirs restaient permis.

Est-ce en raison de notre jeune âge, et non, comme nous nous en justifiâmes à l'époque, par «conscience professionnelle», que nous avions eu, quelques jours avant le début du tournage, la grandiose idée de fuguer? Je n'ai plus en tête les raisons exactes qui nous avaient poussés à prendre ainsi la poudre d'escampette, sinon qu'il y allait de la crédibilité de notre futur film, étant entendu que l'on ne parle bien que de ce que l'on connaît.

Tope là ! Mutuellement convaincus du bien-fondé de notre projet, Mathieu et moi nous étions donné rendez-vous, le lendemain, dans la salle des pas perdus de la gare Saint-Lazare. La nuit portant conseil – et sans doute conscient de la soufflante qui m'attendrait si j'allais au bout de notre idée –, je renonçai à m'y rendre. Certain que Mathieu aurait pris la même décision, je ne jugeai pas utile de le prévenir de ma défection. Avec le recul, je crois surtout que je n'eus pas le courage de lui annoncer que je m'étais dégonflé ! J'avais trop honte de paraître lâche.

Ce qui devait arriver arriva. Fidèle à la parole donnée, plus téméraire que je ne l'étais, Mathieu se rendit à la gare Saint-Lazare. Après m'avoir vainement attendu, il prit ses responsabilités et décida de vivre sa fugue en solitaire. Aussitôt fait, il sauta dans le premier train, sans en avertir quiconque. Alarmés par son absence et fous d'inquiétude, ses parents se lancèrent à sa recherche. Nous sachant très proches, ils appelèrent ma mère et mon père. Branle-bas de combat général ! Il apparut très vite que je savais quelque chose. Par solidarité adolescente, j'aurais pu tenir ma langue, ni vu ni connu, et racheter ainsi ma lâcheté. Mais je sentais bien que la situation était en train de déraper. Et que notre projet ressemblait de plus en plus à une grosse bêtise. En larmes, j'ai pris sur moi d'appeler les parents de Mathieu pour les mettre au courant. Ce qui n'eut pas le don d'apaiser leur inquiétude : personne ne pouvait dire où se trouvait leur fils... Pour essentielles qu'elles fussent, les informations que j'avais données ne réglaient rien.

Mon ami était parti. Nul ne savait où. Moi le premier. Pas de téléphones portables, à cette époque, pour tenter de le joindre ou de le localiser. Thomas reparut quarante-huit heures plus tard, honteux et confus, mais surtout dégrisé par les deux jours d'escapade qu'il venait de s'offrir. Il en fut quitte pour une raclée parentale d'anthologie. Par chance, il ne lui était rien arrivé au cours de cette aventure, ce qui me permet d'en rire aujourd'hui. Au moins ne pouvait-on pas, c'est un fait, lui reprocher d'avoir bâclé son travail d'acteur! Tel un émule de l'Actor's Studio, Thomas s'était mis pour de vrai dans la peau de son personnage!

Pas échaudés le moins du monde par cette première et rafraîchissante «expérience cinématographique», Thomas et moi décidâmes de remettre le couvert l'année suivante. Qui a dit que l'on n'apprend que de ses erreurs? Toujours est-il qu'en douze mois nous avions acquis quelques centimètres de plus et surtout quelques grammes de plomb supplémentaires dans la cervelle. Cette fois, pas question de nous lancer dans un projet loufoque. Nous nous prenions moins au sérieux et ce nouveau tournage, plus détendu, fut un moment de franche rigolade. Le scénario y contribuait: des enfants menaient leur enquête, après avoir été témoins d'une manifestation extraterrestre. Notre chef-décorateur n'était pas le premier venu, puisqu'il s'agissait du ministre des Relations extérieures en personne, qui nous ouvrit les portes de sa résidence secondaire, le château de La Celle-Saint-Cloud, avec son parc de vingt-quatre hectares rien que pour nous. Mazette, quel site exceptionnel ! Les conditions étaient vraiment idéales. Je connais bien des réalisateurs qui rêveraient d'un tel cadre pour leurs films.

Notre scénario n'était pas mal ficelé. Non, c'est ailleurs que le bât blessait : les effets spéciaux. Il nous fallut rivaliser d'ingéniosité pour les réaliser. Car ils étaient indispensables : sans effets spéciaux, pas d'extraterrestres (du moins, à ma connaissance). Nos (nombreuses) scènes d'action en dépendaient étroitement. Quant à la vraisemblance, elle nous importait peu. Pas question de jouer petits bras ! Les rebondissements devaient être nombreux. En effet, à mesure que l'enquête avançait, les héros du film comprenaient que les soucoupes volantes qu'ils avaient aperçues étaient en réalité... téléguidées par d'affreux narcotrafiquants. Rien que ça ! Surdoués, les détectives en culotte courte retrouvaient la cachette des méchants. Qu'y découvraient-ils ? Ô surprise : des tas de sacs de cocaïne. Pour incarner les brigands, nous avions mis à contribution les gardes du château, qui avaient accepté de tirer à blanc. « Pour les besoins du tournage », bien sûr. Bref, le chef-d'œuvre était en bonne voie.

L'accueil critique de notre court-métrage, pourtant, ne fut pas des plus chaleureux. Je puis dire que ma grand-mère sortit de la projection quelque peu scandalisée. Quelle idée malsaine nous avait inspiré cette histoire de trafic de drogue ? Nous devions être fous. La simple évocation de ce mot, chez des enfants de notre âge, lui paraissait inimaginable. Tout cela l'inquiétait réellement. Il faut dire qu'à l'écran elle m'avait vu entailler un sachet de poudre blanche et porter la pointe d'un couteau à ma bouche pour goûter un échantillon et en vérifier la pureté !

Sur le moment, la réaction de ma grand-mère me hérissa le poil. Me prenait-elle pour un demeuré, ou pire, pour un voyou ? Avec le recul des années, je dois dire que je la comprends. Il ne me plairait pas, aujourd'hui, de voir mon fils, si jeune encore, mimer une scène de ce genre. J'aurais l'impression d'avoir failli à son éducation, de n'avoir pas su le préserver de tentations aussi dangereuses. Et je suis certain que la panique de ma grand-mère n'avait d'autre cause que le souci qu'elle se faisait pour moi.

Quant à la qualité purement filmique de notre super-production, inutile de le cacher, elle n'était pas à la hauteur de nos attentes. Nous étions encore loin de l'Oscar. Mais pour les louanges et les récompenses, on verrait plus tard ! Nous avions passé des jours de fêtes et d'amusement. Là se bornait encore notre ambition.

Et c'est ainsi, toujours débordant de confiance, que nous nous lançâmes dans la réalisation de notre troisième et dernier film, intitulé *Malchance*. Thomas et moi étions alors en classe de quatrième. Le bel âge. C'était d'ailleurs le sujet de notre scénario, méticuleux, inspiré d'un poème de Boris Vian, « Ils cassent le monde. » Deux enfants étaient élevés dans une même famille. Tout se passait pour le mieux, jusqu'au jour où l'un d'eux apprenait par hasard qu'il n'était pas légitime. Il décidait alors de disparaître. Lorsqu'il réapparaissait quelques années plus tard, la séparation avait creusé un fossé entre les «ex-frères». L'enfant illégitime venait récupérer sa part du gâteau. Jadis inséparables, les deux amis devenaient alors d'irréductibles ennemis. Avouez qu'il y a pire synopsis!

Cette fois, pas d'amateurisme : nous avions fait appel à des acteurs semi-professionnels pour jouer les adultes, mais aussi les scènes d'amour que nous avions imaginées... et qui nous valurent des fous rires énormes. Eh quoi, nous étions deux adolescents. Filmer une jeune comédienne de quinze ans simulant un orgasme nous avait mis dans tous nos états! Obnubilés par sa paire de seins (réellement impressionnante), nous n'avions su fixer notre attention – et notre caméra – sur rien d'autre que ses globes somptueux. Notre manque d'expérience, et une caméra positionnée en contrebas du lit, rendaient la scène proprement hilarante. Elle n'en était pas moins ridicule.

Quant aux effets spéciaux – une habitude! –, je me demande encore d'où nous venait notre inventivité. Nous avions prévu une scène de lutte entre les deux personnages principaux, au cours de laquelle les faux frères devaient combattre à grands coups de barre de fer. Ensuite, l'un d'eux devait brandir un couteau et blesser son adversaire à la cuisse. Pour plus de réalisme, mon coréalisateur et moi-même avions fait l'emplette d'une belle tranche de rosbif, généreusement nappée de ketchup, pour représenter la chair tranchée à vif. «Pas mal!», aurait dit Garcimore. Les images, plutôt réussies cette fois, sortaient de l'écran. Encouragés par ce premier résultat – et par la belle confiance de nos quatorze ans –, nous avons considéré qu'il nous fallait aller plus loin encore. Voici où.

Le frère blessé, pour se soigner, était censé imbiber d'alcool sa cuisse sanguinolente. Mais, par mégarde, il renversait la bouteille. L'autre frère – géniale idée de mise en scène – en profitait pour jeter une allumette sur l'alcool répandu. Toujours soucieux de réalisme, nous avions glissé une feuille d'aluminium entre la tranche de rosbif et la cuisse de l'acteur, afin de le protéger des flammes... Les hurlements qu'il se mit à pousser lorsque l'alcool s'embrasa étaient criants de vérité et trahissaient un comédien de grande trempe. Emballé par sa prestation, je l'encourageais :

— Encore, encore ! C'est très bon !

Plus j'aboyais, plus il criait. Même une fois la caméra coupée. Je commençais à trouver qu'il poussait loin l'incarnation de son personnage. Et moi de hurler de plus belle :

— Coupez !

Je ne m'étais pas rendu compte que le pauvre garçon sentait le méchoui et souffrait le martyre. Heureusement, il y eut plus de peur que de mal. Une bonne dose de Biafine suffit à soulager notre héros, sain et sauf. Et puis, la scène était dans la boîte. Une scène d'anthologie !

J'ignorais, hélas, que ma collaboration artistique avec Thomas Cheysson touchait à sa fin et que nos instants de complicité adolescente n'auraient pas de suite. Appelé à d'autres fonctions, son père avait rendu son maroquin, et la famille au grand complet le suivit en Belgique avec armes et bagages. Rupture brutale d'une grande amitié. Et fin prématurée d'une carrière de cinéaste. L'envie m'en est passée à la seconde où Thomas a disparu de mon horizon. Tourner, pour moi, n'avait de sens qu'à quatre mains. Comme pour les frères Lumière, Taviani ou Coen ! Et puis, j'avais un nouveau centre d'intérêt, plutôt envahissant, qui commençait à prendre beaucoup de place et d'énergie dans ma vie : les filles ! Une lubie que je partageais avec un beau et grand garçon nommé Benjamin Badinter. Pensez : plus de 1,85 mètre sous la toise !

Nous avions quinze ans, la vie devant nous et mille expériences à tenter. La première d'entre elles fut la découverte des boîtes de nuit. Notamment la Scala, rue de Rivoli, et l'Élysée-Matignon. La belle vie nous était promise. Nos parents respectifs étant des bourreaux de travail, nous pensions les berner. Le nez dans le guidon, ils ne sauraient jamais rien de nos escapades. Nous étions libres ! Nous étions les rois du monde ! Nos jours et nos nuits étaient une fête permanente, jonchée d'amourettes aussi joyeuses que passagères.

J'ignorais une chose : mon père, oiseau de nuit de son état – et de large envergure –, n'ignorait rien, lui, de mes virées nocturnes. Quant aux parents de Benjamin, ils se tenaient informés grâce aux agents de sécurité qui escortaient continuellement son père et lui faisaient des rapports réguliers sur les allées et venues de son fils. Nous croyions leurrer notre monde et mener une vie de patachon, en cachette de nos parents ? Tu parles ! Insoumission d'enfants gâtés, rébellion en peau de lapin ! Peu importe, nous y croyions. Et c'était l'essentiel. Je n'ai appris la surveillance parentale discrète qui s'exerçait sur nous que bien plus tard, au détour d'une conversation avec mon père.

Deux mots suffiront à résumer notre année de troisième : folie douce. Nous sortions tous les soirs et profitions de nos week-ends pour inviter nos conquêtes à déjeuner au Drugstore. Le grand-père de Benjamin, le célèbre publicitaire Marcel Bleustein-Blanchet, en était le propriétaire. Ça simplifiait les choses.

Bien entendu, cette vie de fiestas, de bombe et d'insouciance ne fut pas sans répercussions sur mon parcours scolaire. Cette année-là, je dois bien le dire, je passai bien plus de temps à user le parquet des boîtes de nuit qu'à corner les pages de mes livres et à potasser mes leçons. Mélange de honte et de nostalgie. Tant et si bien que je finis par me faire virer de l'École alsacienne, dont le fonctionnement bien particulier – le nombre de classes diminuant à mesure que l'on passait les niveaux – impliquait un écrémage impitoyable. Patatras ! Il fallut me trouver en urgence un nouvel établissement scolaire. La mort dans l'âme, je fis mes adieux à Benjamin et débarquai, désespéré, au lycée Saint-Michel-de-Picpus.

Mon vague à l'âme fut de courte durée. Et mes blessures d'amitié se refermèrent bien vite sous les caresses bienfaisantes de Valérie. Nous avions seize ans, nous étions en première. Elle fut mon premier grand amour. Aveuglé par la maladie d'amour, chatouillé par les étranges papillons qui me brûlaient le bas-ventre, j'oubliai bêtement de me mettre enfin au travail. Le résultat ne se fit pas attendre : redoublement !

Cette fois, et je les comprends, mes parents perdirent patience. Sans égard pour ma libido, ils m'enfermèrent dans une boîte à bac dont le sigle, IPME, ne pouvait avoir qu'une signification : Institut Pour Mauvais Élèves ! L'établissement, en effet, grouillait littéralement de garçons paresseux et de cancres las. En un sens, c'était rassurant : au moins, je ne me sentais pas trop seul. Malgré tout, ces murs me devinrent très vite insupportables. Les professeurs prenaient un malin plaisir à nous flanquer des heures de colle le samedi matin. Un retard d'une minute en salle de classe ? Une heure de colle !

Cette rigueur ubuesque me rendait fou. Bienveillants, mes parents prirent le temps de m'écouter geindre et d'enregistrer mes doléances. Mais ils ne cédèrent pas. Au contraire, avec finesse, mon père comprit tout l'avantage qu'il pouvait tirer de la situation. Il me mit le marché en main : si j'étais premier de ma classe à la fin du trimestre, il acceptait de m'inscrire dans un autre établissement l'année suivante. La carotte était trop appétissante. Je n'ai pas réfléchi : j'ai topé. Du jour au lendemain, je me suis mis à travailler comme un forcené. Bientôt, les appréciations habituelles de mes professeurs – « fumiste sympathique, mais fumiste quand même » – ne furent plus qu'un mauvais souvenir. Une flatteuse odeur de laurier se mit à flotter autour de moi. Mes bulletins – j'ai encore de la peine à le croire – se couvrirent de formules aussi insolites que : « élève doué », « esprit littéraire », «beaucoup d'imagination et de créativité». Et je finis mon année en tête de classe. Mon père n'eut d'autre choix que de tenir parole. C'était gagné, je ferais ma terminale dans un lycée ordinaire, loin des contraintes idiotes des boîtes à bac. Pas si idiotes que ça, finalement…

Du coup, j'avais pris le pli. Voilà que j'étais devenu une bête de somme! Bien vrai, je ne ménageais pas ma peine. Résultat: ma dernière année de lycée passa comme un rêve. Je me contentai de faire ce que j'avais à faire, sans effort superflu. Suffisamment, en tout cas, pour ne pas subir les foudres de mes parents, perchés sur leur divin nuage. Mais pas d'excès de zèle: après tout, j'avais assez donné l'année précédente. Pas question de m'abîmer la santé en pleine fleur de l'âge! Il était temps de prendre un peu de repos. Cette mentalité, celle du juste milieu, ne m'a pas si mal réussi, puisque j'ai décroché mon bac haut la main. Avec, en point d'orgue, un 19 en histoire-géographie et un 14 en économie. Je n'en reviens toujours pas! Il n'est d'ailleurs pas rare que je fanfaronne encore à ce sujet devant mon fils Julien. C'est de bonne guerre! Bien sûr, je passe plus rapidement – ou même je zappe carrément – sur les années de farniente que je m'étais octroyées avant le réveil du volcan. Je ne vais quand même pas lui livrer tous mes secrets! Il réussit d'ailleurs très bien. Sans boîte à bac, mais après un détour d'un an en internat.

Et maintenant, place aux études universitaires. Le grand bain, le vrai! Résolu et motivé, j'avais jeté mon dévolu sur Sciences Po. Afin de mettre toutes les chances de mon côté, je décidai de me présenter aux concours d'entrée en prépa. De tout mon cœur, je souhaitais réussir. J'y croyais. J'étais préparé. J'avais bossé. J'ai dû déchanter. Le sujet que j'avais tiré à l'oral, pourtant, me convenait. Je devais disserter sur le New Deal de Roosevelt. Ce sujet, je le connaissais sur le bout des doigts. J'allais cartonner. Après un soupir de soulagement, je me lance sans crainte. Détendu, je parle, je déroule mes connaissances, j'expose mes arguments. Mon speech achevé, l'examinateur me regarde longuement. D'un ton sec et direct, avec le plus grand calme, il m'exécute froidement :

— Non, monsieur Castaldi. Ce n'est pas ça du tout.

Sur le coup, j'ai l'impression de perdre tous mes repères. Je vacille, sonné. Passablement énervé, aussi. Sur quels critères me recale-t-il en bloc? Ce sujet, je l'ai bossé. Je sais que j'ai raison. J'argumente. L'échange dure une bonne dizaine de minutes. Une partie de ping-pong à couteaux tirés, si vous voyez ce que je veux dire.

— Mais si, monsieur !
— Eh non, monsieur !

Un vrai combat singulier, aussi vain que ridicule. De guerre lasse, j'ai laissé la victoire à l'examinateur. Non sans une dernière réplique :

— Si vous le dites, c'est que vous devez avoir raison !

Piqué au vif, il m'a renvoyé dans les cordes :

— Monsieur Castaldi, lorsqu'on a une conviction dans la vie, on la tient jusqu'au bout.

Fin de l'examen. Échec total. Ce salopard avait réussi son coup. Il m'avait déstabilisé. Leçon n° 2 : ne jamais perdre son sang-froid !

Cette histoire me rappelle la légende – mais en est-ce vraiment une ? – que se racontent les étudiants en médecine. Lors d'un examen oral, un professeur présente à son élève un os qu'il fait sauter dans sa main, de sorte qu'il est presque impossible à l'interne de deviner à quelle partie du corps cet os correspond. C'est pourtant la question que lui pose l'examinateur. L'étudiant choisit la ruse. Sortant ses clés de sa poche, il les fait sauter dans sa main et demande à l'homme de science :

— Eh bien, monsieur, pouvez-vous me dire où j'habite ?

Cette anecdote m'a toujours fait rire. Il n'empêche : quoique dégoûté par mon échec, je suis tout de même entré en fac. Mais c'est un fait que j'en ai déserté les bancs assez vite, au bout de deux années d'assiduité modérée, qui ne laissèrent de grand souvenir à personne.

À cette époque, ma mère et moi étions un peu en froid. Ma nonchalance l'énervait. Elle aurait voulu que je me débrouille seul, que je prenne enfin mes responsabilités. Chamailleries on ne peut plus naturelles, à la fin d'une trop longue adolescence. Elle m'avait trouvé une chambre de bonne, place Dauphine, en face de celle qu'elle-même avait occupée quelques années auparavant. Comme quoi, elle aussi avait du mal à couper le cordon.

Quel sentiment m'habitait alors ? Celui d'une totale liberté. Et du bonheur d'en jouir sans restriction. Mon voisin du dessous s'appelait Montand. Il nichait dans un appartement que ma grand-mère avait surnommé «la roulotte». Tout le gratin du cinéma mondial y défilait, de Marlon Brando à Patrice Chéreau. Je savais bien que je pouvais compter sur l'aide de Montand – pratique, personnelle et financière. Lui trouvait plutôt amusant de me donner régulièrement des billets de 500 francs, surtout qu'il attisait ainsi les fureurs de ma mère! Il avait fait de même avec elle, lorsqu'elle était étudiante. À l'époque, c'était ma grand-mère que cette prodigalité rendait folle.

Car j'oublie de dire que Montand s'était rapproché de moi, ou l'inverse. Autheuil, j'en avais fait mon deuil. Je voulais repartir sur de nouvelles bases avec celui que je considérais, vraiment, comme mon grand-père. Quand il a été victime d'un pépin de santé, j'ai été le premier prévenu. J'étais fier de cette confiance. Heureux d'avoir retrouvé notre ancienne complicité.

Ma vie s'écoulait sans nuage. Je vivais dans un des plus beaux quartiers de Paris, près de l'homme que j'estimais le plus au monde. Ma mère m'avait offert une voiture pour mon bac. J'étais libre d'aller et venir, de vadrouiller selon mon bon plaisir. Ma fiancée et future femme Valérie, dont j'étais éperdument amoureux, vivait à Saint-Mandé, chez ses parents. Je m'y rendais assez régulièrement. J'avais trouvé un équilibre et une famille d'accueil. Tout allait pour le mieux. J'étais heureux comme un prince. Ne restait plus qu'à m'assumer financièrement. Pour me pousser hors de mon nid douillet – et me faire sentir son impatience au passage –, ma mère se résolut un beau jour à me couper les vivres. Dans le même temps, ce que j'ignorais, elle mettait de côté l'argent qu'elle ne me donnait plus, afin que j'en bénéficie plus tard. Mais, pour l'heure, elle me secouait :

— Et maintenant, débrouille-toi !

Il était bien temps. Je décidai de relever le défi. Il me fallait trouver un moyen de gagner de l'argent. D'un cours de mathématiques à la fac, j'avais au moins retenu une chose. Le professeur, un fou de statistiques, nous avait raconté qu'à l'aide de quelques algorithmes et d'un peu de pratique on pouvait bluffer sans peine au casino. Mes yeux s'étaient allumés. Bingo ! Comme des milliers d'autres alchimistes avant moi, je me mis en quête de la pierre philosophale de la roulette : la martingale absolue ! Direction Enghien-les-Bains. Ce serait mon secret. N'en parler, surtout, à personne. On m'aurait pris pour un fou.

La nuit tombée, j'enfilai mon costume. Je me rasai de près. Je cirai mes souliers. Il existe un rituel du joueur, auquel j'accordais le plus grand soin. Surtout, ne rien laisser au hasard. Pour remporter la mise, il faut soigner sa mise. Oh, je savais mes classiques !

Dès ma première tentative, il m'arriva la pire guigne pour un amateur : gagner. Bien entendu, je ne tins pas compte de cet avertissement : je poursuivis. Gagnant parfois, perdant souvent. On me reproche aujourd'hui mon addiction au jeu ? Rien de plus faux. Elle ne fut jamais qu'anecdotique et périodique. Je n'ai pas mis longtemps à comprendre que le casino n'est pas une solution rentable sur le long terme. Il me fallait donc trouver un travail d'appoint. Je n'eus pas à chercher loin.

À cette époque, je me faisais souvent livrer des repas par La Fringale, une entreprise de restauration rapide et de livraison de repas à domicile. Je n'avais qu'à devenir livreur! Plus rapide que mon ombre, je me présentai au siège de la boîte, armé d'un CV en bonne et due forme. Le patron l'a parcouru et m'a répondu qu'il me verrait mieux comme représentant. Le lendemain, à l'affût de nouveaux clients, je commençais ce que l'on nomme le «démarchage». Et ça marchait! Qui plus est, je prenais un certain plaisir à décrocher des contrats. Je ne fus pas long à faire mes preuves, et bientôt le boss me proposa de passer directeur commercial, de m'associer avec lui et d'investir dans l'entreprise. Je sus convaincre ma mère de m'aider à prendre quelques parts. Je m'étais démené pour gagner mon propre argent, ma bonne volonté n'était que trop visible. Elle me fit confiance. Et, grâce à son apport financier, c'était parti! Une nouvelle aventure commençait pour moi. Je me sentais utile, responsable et, surtout, j'y prenais du plaisir.

Un premier job, ce n'est pas rien. Celui-là m'a fait connaître la rigueur du travail et la persévérance. J'ai appris le B-A-Ba du travail en équipe. Ce qui, dans la restauration, n'est pas une mince affaire. «Fringale, le goût au téléphone, bonjour!» Tel était le slogan de ma petite entreprise. Laquelle, à mon grand regret, ne fit pas long feu. La conjoncture économique n'était pas idéale. La France était inquiète: la première guerre du Golfe, en ce printemps 1991, venait de commencer, et nul ne pouvait en prévoir l'issue. Cette incertitude a joué un rôle déterminant dans le déclin de mon commerce. Les gens avaient peur, ils n'avaient pas le moral à faire des dépenses superflues. Ils préféraient mettre de l'argent de côté et se contenter des denrées de base, plutôt que de se faire livrer des repas à domicile. En l'espace de quelques mois, je suis passé de deux cents à seulement cinq commandes par jour. La claque. À cette catastrophe financière, hélas, devait encore s'ajouter l'erreur humaine... Je m'explique.

La plupart de mes livreurs parlaient l'arabe. Je commençais d'ailleurs à bien m'exprimer dans cette langue. J'avais de l'entraînement et eux ne me ménageaient pas leurs conseils, me reprenant gentiment sur mon accent. On peut dire que nous rigolions bien tous ensemble. Chaque jour, le chef de cuisine lâchait ses casseroles pour se tourner vers La Mecque. Il était fort respectueux des heures de prière, ce à quoi je ne voyais aucun inconvénient. Un accident, hélas, est si vite arrivé. Et l'irréparable n'a pas manqué de se produire. Un jour, alors qu'il avait le dos tourné, les casseroles ont pris feu et l'établissement avec. Une aubaine pour les racistes, toujours prompts à tirer avantage de ce genre de situations pour attiser la haine. De pauvres types tout prêts à jouir, en l'occurrence, de la fin d'une belle aventure.

En toute franchise, la restauration n'était pas mon rêve ultime. Loin de là. J'aime bien manger et manger bien. Mais à vrai dire, je n'ai pas de passion pour la cuisine. En investissant dans La Fringale, mon but premier était de mener à bien un projet d'entreprise. C'était cela, mon étincelle. L'essentiel est de savoir l'attraper au vol, pour rallumer la mèche. Quelques mois plus tard, comme un fait exprès, une occasion s'offrait à moi de m'envoler pour la «Cité des Anges», L.A., Los Angeles!

J'ai toujours été avide d'idées neuves, de projets à monter. Il me faut mille idées qui fusent à la minute. Je dois m'occuper en permanence, avoir un but à atteindre, sans quoi je m'ennuie. Rester inactif? Impossible. Mais pas de mensonges entre nous : je ne suis pas non plus ce qu'on appelle un stakhanoviste, un «prisonnier du boulot», comme le chantait Salvador! Je suis incapable de bûcher plus de huit heures par jour, claquemuré dans un bureau. En revanche, je suis infiniment disponible. L'inverse d'un fainéant. L'occasion m'était donnée de tenter de le démontrer.

5

Le producteur arrosé

1992. Les cendres de La Fringale ont refroidi. Moi, je suis déjà loin du sinistre. J'ai décidé de me lancer dans une carrière de producteur de musique aux States. Mais pas n'importe comment : sans avoir jamais pris de cours de musique de ma vie ! Je ne connais pas le solfège et, malgré mon expérience dans la restauration, je chante à peu près aussi juste qu'une casserole fêlée. Et encore, sous la douche ! Comment, dans ces conditions, me suis-je retrouvé propulsé producteur dans le saint des saints de la profession ? Producteur néophyte, mais producteur tout de même. Eh bien voilà…

La vie est parfois surprenante. Elle organise pour vous des rencards improbables, auxquels on ne s'attendait pas. C'est ainsi que ma route a croisé celle du fantasque producteur des Forbans : Michel Olivier. Son idée ? Me proposer de relancer la carrière d'Esther Galil, interprète d'un seul et unique tube, mais colossal : « Le jour se lève. » Un gros succès à sa sortie, en 1971. Plus de deux millions d'exemplaires vendus en France ! Devant un tel carton, même ancien, je n'eus pas besoin de me retourner sept fois la cervelle. Sa proposition m'emballait. Mon flair légendaire subodorait le potentiel d'un bon coup. Surtout, j'avais une envie folle de produire. Bref, ma décision était prise : j'allais m'embarquer dans cette aventure corps et âme. Sans oublier le portefeuille ; mais ça, d'autres y pensaient déjà pour moi. Pour l'instant : direction L.A. !

Casse-cou ? Peut-être. Mais j'avais une intuition. Quelque chose qui sort des tripes. C'était le bon moment pour donner un tournant professionnel à ma vie. J'étais persuadé qu'en relançant la carrière d'Esther, la mienne allait décoller par la même occasion. Je suis le premier à reconnaître que le come-back d'Esther Galil m'importait moins que mon propre envol et que ce n'était pas très généreux de ma part. *Business is business !*

Avant mon départ pour la Cité des Anges, le producteur m'a tout de suite mis à l'aise. C'était un homme d'une quarantaine d'années, loquace et sympathique au possible. Pas de secrets entre nous : d'emblée, il m'a confié qu'il était atteint du sida. Aveu d'autant plus gonflé qu'à cette époque on préférait encore le cacher. Les gens ignoraient tout du VIH. Ils en avaient peur. Pour beaucoup, c'était la «nouvelle peste». La contagion était si facile, pensait-on. Une véritable psychose régnait. Il était difficilement concevable pour une bonne partie de la population de partager la table d'un «sidaïque», affreux mot qui, depuis, a fort heureusement disparu du vocabulaire. La tendance générale était au rejet.

Je ne voyais pas du tout les choses de cette manière. Cet homme, qui me faisait face et se confiait à moi, imposait le respect. Il aiguisait ma curiosité. Sa carrière, à mes yeux, était un modèle de réussite. Je ne cherchais qu'à suivre son exemple. Il a rapidement sympathisé avec mon entourage. Ma famille et ma belle-famille l'appréciaient également. En retour, il me considérait comme un associé à part entière. Nous étions sur le même bateau. Nous visions le même objectif. Il paraissait donc logique de partager les bénéfices en cas de succès. À ceci près, petit bémol, qu'à moi seul incombaient les risques. Tels étaient les termes de notre accord.

La paperasse dûment noircie, le contrat signé, nous pouvions enfin partir pour L.A. J'avais joint l'utile à l'agréable en proposant à ma fiancée, Valérie, de m'accompagner. Nous serions logés au Sofitel Ma Maison de L.A. Le producteur, lui aussi, avait sa chambre payée par mes soins dans ce bel hôtel. J'ai toujours estimé que, pour faire du bon travail, il faut que tout le monde se sente à l'aise, et dûment considéré. Mais je ne savais pas encore que j'allais devoir prendre en charge bien plus de frais. Bien trop.

Dès notre arrivée à l'aéroport, notre temps était compté. Malgré le décalage horaire et la fatigue du voyage, Esther Galil souhaitait nous rencontrer sans attendre aux studios. Moi, j'étais partant. Pied au plancher! À première vue, l'image que j'avais de l'ex-vedette ne correspondait en rien à ce que j'imaginais. Le bistouri, parfois, doit être manié avec précaution. J'étais de moins en moins rassuré. Une artiste vieillissante, physiquement marquée auréolée d'un «tube» unique, aussi mémorable qu'ancien. Mon inquiétude se lisait-elle sur mon visage? Toujours est-il que le producteur perçut ma réticence. Il me rassurait comme il pouvait, l'une de ses marques de sollicitude consistant à poser sa main sur mon épaule avec tendresse. Pourquoi m'inquiéter? me disait-il. *Keep cool!* À Hollywood, les stars sont immortelles. Comme les sphinx, elles renaissent de leurs cendres. Mantra à apprendre par cœur et à réciter sans fin. Nous détenions un pouvoir unique: celui de ressusciter une étoile filante. Esther Galil, c'était sûr, allait de nouveau briller au firmament de la chanson. Métaphore séduisante, qui apportait un peu de poésie dans un monde qui en semblait singulièrement dépourvu. Un peu de soleil dans l'eau froide, comme disait Françoise Sagan.

La découverte du studio me fit l'effet d'une révélation. J'étais au paradis. Le décor était semblable à ce que j'avais vu jusque-là dans les films. Des disques d'or, d'argent, de platine ornaient les parois des couloirs étroits. Partout ce n'était que textes, bandes, maquettes. Billy Steinberg, *songwriter* que j'adorais, avait arpenté les corridors que j'empruntais à mon tour. Ici, il avait écrit «Like a Virgin» pour Madonna, «True Colors» pour Cindy Lauper ou encore «Eternal Flame» pour The Bangles. Jeff Koss, le producteur de Joe Cocker, travaillait quelque part entre ces murs. Difficile, dans ce cadre, de ne pas éprouver une sorte d'émulation artistique. Ni de humer une enivrante odeur d'argent. Elle ne devait plus quitter mes narines…

Notre séjour à Los Angeles était rythmé par des rendez-vous d'importance variable. J'ai très vite compris que la difficulté n'était pas de les obtenir. C'était même assez simple. Tout un chacun était prêt à vous donner une chance : celle de démontrer votre talent. Les soucis ne venaient qu'ensuite, lorsqu'il s'agissait de financer le projet. Soudain, les choses se compliquaient.

De temps en temps, sans crier gare, un coup de blues me tombait sur les épaules. J'avais l'impression d'être baladé dans une sorte de village Potemkine, un Hollywood en carton-pâte. Et si j'étais tombé dans un guet-apens ? Un pigeon à plumer : voilà de quoi je devais avoir l'air, voilà comment je me voyais, le matin, dans la glace. Rien ne m'était donné. J'y étais de ma poche pour tout et tous. Même un Coca-Cola, on ne me le payait pas. J'étais sans cesse mis à contribution. On me demandait d'organiser des *parties*, d'inviter du beau linge, de goinfrer des parasites, de garnir les assiettes et de remplir les coupes, sans oublier les arrivages réguliers de jolies filles. Raquer pour être *fun*, tel était le maître-mot. Malgré ces moments de spleen, et quand bien même ce cirque m'agaçait au plus haut point, je gardais la foi. Je ne pouvais me résoudre à lâcher l'affaire. J'étais rudement fier de mon statut de producteur. À seulement vingt-deux ans, avouez que ça en jetait ! Je me voyais en Jay Gatsby, le héros de Francis Scott Fitzgerald. Un Gatsby qui aurait eu la chance de partager un dîner avec Rod Stewart. Peut-être aurais-je dû relire les dernières lignes du roman…

Le premier entretien n'étant pas très difficile à «dealer», j'avais obtenu une entrevue avec Jeff Koss, le célèbre producteur. Rendez-vous était pris, un matin à 11 heures. J'avais décidé de la jouer simple et chic. J'avais loué une voiture passe-partout et enfilé un costume en lin, tout en sobriété. Valérie, quant à elle, portait une jolie robe Blanc du Nil. Frais et pimpants, nous patientons gentiment dans la salle d'attente jouxtant le bureau de Mr Koss. Une heure, puis deux. La secrétaire revient régulièrement nous faire signe, haussant légèrement les épaules en manière d'excuse. Elle n'a aucune nouvelle à nous donner. Après trois heures d'attente, nous comprenons que Jeff Koss est trop occupé pour nous recevoir. Bredouilles et les nerfs à vif, nous prenons le chemin du retour. Jurant, s'il n'est pas trop tard, qu'il est grand temps de réagir. Demain, changement de tactique. Je vais mettre en pratique ce que j'ai cru comprendre. Pour inverser la tendance, j'irai seul au rendez-vous, vêtu d'un jean et d'une simple chemise blanche, à la cool.

Cette fois, j'avais préféré une Ferrari. Le ronronnement si caractéristique du moteur dut chatouiller agréablement l'oreille de Jeff Koss. Dix minutes à peine après mon arrivée, il m'accueillait à bras ouverts, sourire aux lèvres :

— *Hey, dude !*

J'étais le bienvenu au bal des faux-culs et des faux-semblants. Mais j'avais saisi un point essentiel. Je venais de découvrir le sésame pour entrer dans la cour des grands. À Hollywood, on ne sort pas du lot en pariant sur sa tenue vestimentaire. Les fripes, tout le monde s'en fiche ! Cette élégance-là ne compte pas. Elle n'existe même pas. L'apparence physique ne compte pour rien dans le jugement que l'on porte sur vous. À l'inverse, les signes extérieurs de richesse, surtout s'ils sont ostentatoires, sont vos meilleurs ambassadeurs. Dans mon cas, la voiture avait fait la différence. En moins de vingt-quatre heures, je venais de passer du statut d'invisible péquenot à celui d'homme d'affaires.

Petit à petit, j'assimilais les rudiments de la culture, ou plutôt de la religion hollywoodienne. J'appris que je pouvais entrer dans une boutique Chanel habillé d'un jean crasseux et mal taillé et d'un T-shirt informe : personne n'y trouverait rien à redire. À une condition : avoir garé sa luxueuse décapotable devant l'enseigne et vivre dans une villa fleurie avec terrasse et piscine.

Le lendemain, fier de ma malice et satisfait de ma filouterie vis-à-vis de Jeff Koss, je n'eus rien de plus pressé que d'en faire part à mon ami producteur. J'étais trop heureux de lui raconter ma petite anecdote et de lui narrer comment j'avais décrypté le système. Je courus à sa chambre. La porte était grande ouverte. Suspendu au téléphone, il ne m'entendit pas entrer, absorbé qu'il était dans sa conversation. Planté sur le seuil, j'attendis sagement qu'il raccroche. Je ne regrette pas de n'avoir pas eu la discrétion de m'éclipser ou de me boucher les oreilles. J'entends encore le son déterminé de sa voix grave et dure. Il était en ligne avec son associé parisien. D'une simple phrase, il m'a exécuté. Une seule phrase, venimeuse, crachée dans une exhalaison mauvaise :

— Benjamin commence à me gonfler, je lui ai presque tout pris, il n'a quasiment plus un rond, on peut s'arrêter là, je peux rentrer maintenant!

KO debout, je chancelai. J'étais moins naïf que la veille, mais de là à prévoir ce coup de poignard dans le dos! J'étais à mille lieues d'imaginer pareille trahison. Ainsi, toute cette histoire n'était qu'une vaste plaisanterie, une farce cruelle dont j'étais le dindon. La triste farce d'un homme amer et revenu de tout, prêt à tous les coups bas. En quelques mots, il venait de me détruire. Quant à moi, j'aurais dû me fier davantage à mes pressentiments. J'avais été la tirelire de ce *has been* sans scrupule, sa vache à lait. Et je commençais à avoir sérieusement mal au pis!

Et maintenant, que faire? Comment dire à ce salaud ma façon de penser? Mon sang ne fit qu'un tour. Je me jetai sur lui, l'attrapai par le col et l'approchai de la fenêtre ouverte, hurlant:

— Qu'est-ce que tu cherches, espèce d'enfoiré! Tu es fier de toi? Tu te prends pour qui? Et tu *me* prends pour qui? Enfoiré!

Fou de rage et de colère, je n'eus pas de mots assez violents pour lui dire son fait. Terrassé, il m'écoutait brailler sans pouvoir en placer une. En fait, il était terrorisé. Il tremblait sous les insultes que je lui assenais, comme autant d'uppercuts. Moi, je continuais à frapper, de préférence aux points sensibles. Je lui rappelai, pour peu qu'il l'eût oublié, que sa maladie l'achèverait bien sans moi. Je n'avais pourtant qu'une envie: le tuer. Le faire passer par la fenêtre, comme dans un film de gangsters. Dans la folie de l'instant, tout aurait pu basculer. J'aurais pu me transformer en meurtrier.

Ma vie s'écroulait, mes projets professionnels s'évaporaient. Tout disparaissait. Avec, en prime, la douleur cuisante de la trahison.

Ma vengeance fut assez minable. Après l'avoir brusquement repoussé sur le lit, la gueule bien chiffonnée, je lui jetai un billet de 10 dollars, également chiffonné, en guise de mépris et de dédommagement. Son billet retour pour Paris ? Je m'en tamponnais. Il s'était foutu de moi. Je ne pardonnais pas.

Le retour à Paris fut cruel. Dans l'avion, j'avais honte. Honte avant-coureuse du jugement d'autrui, honte d'affronter le regard des miens. J'avais échoué. Non, c'était pire : je m'étais fait pigeonner comme un couillon ! Je n'avais rien vu venir. Je me repassais en boucle le film de ma déconfiture, tâchant d'analyser mon échec, d'ausculter ma naïveté et ma crédulité. Je m'étais laissé berner. J'avais tout perdu, fierté et argent. J'étais ruiné et j'étais humilié. Toutes mes économies y étaient passées.

Remâchant ma mésaventure, j'en venais à formaliser une théorie de l'escroquerie. Quand l'arnaque est bien ficelée, les relais sont propres, nets, imparables. Un escroc habile sait s'associer à des gens honnêtes pour mettre en scène des situations présentant toutes les apparences et les garanties de la transparence. Deuxième axiome : un escroc qualifié, pour être crédible, doit lui-même croire à ses propres mensonges. Plus ils sont gros, mieux ils passent. Comme une lettre à la poste, selon la bonne vieille expression. On croit le savoir, mais on l'oublie toujours. Il faut du temps pour s'habituer à la bassesse.

Ma mère se trouva dans l'obligation de venir à mon secours, pour sortir de la nasse où je m'étais hasardé. Elle restait ahurie par la situation. Pendant quatre mois, je n'avais cessé de la rassurer au téléphone. Tout allait pour le mieux dans le meilleur des mondes, je passais mon temps à rencontrer les stars de la production hollywoodienne, les portes s'ouvraient les unes après les autres... Jusqu'au jour où j'étais tombé de l'armoire. Une chute peut-être encore plus éprouvante pour ma mère que pour moi. Elle accusait méchamment le coup, me reprochant d'avoir dilapidé la totalité de mes économies et, plus grave encore, le pécule que m'avait légué Montand dans cette aventure inutile et vexante. Elle n'avait pas tort, ma blessure n'en était que plus vive.

De mon côté, j'étais en mesure de tirer un premier bilan de ma courte vie. Propriétaire de restaurants à vingt ans. Producteur de musique à vingt-deux ans. Et ensuite? J'avais beau faire, je ne voyais pas. J'avais l'ego dans les chaussettes. Je ne voulais pas d'un job alimentaire. Il me fallait, comme toujours, du grand, du beau, du somptueux! D'autant que je voulais épouser Valérie. J'étais à la recherche d'une stabilité familiale et affective. Et Valérie incarnait cette stabilité, cet équilibre.

Première résolution : tirer un trait définitif sur l'épisode désastreux de Los Angeles. Un poste de directeur du développement étant à pourvoir dans la compagnie aérienne israélienne El Al, je passai sans attendre un entretien d'embauche. Sans stress ni sueurs, car j'envisageais l'exercice comme une sorte de jeu de rôle. Du coup, j'y suis allé à fond.

J'en ai même fait des caisses, expliquant que, par tradition familiale, j'étais un juif observant. Je crois que j'aurais pu renier les miens pour décrocher ce poste auquel, pourtant, je ne tenais pas plus que ça. Shabbat, Pessah, Hanoukka... J'avais révisé mes fondamentaux. On est professionnel ou on ne l'est pas! En mettant toutes les chances de mon côté, je pensais que ça pouvait marcher. Hélas, malgré ma motivation, ma danse de Rabbi Jacob n'eut pas le succès espéré. Ma candidature ne fut pas retenue. Peut-être un peu trop zélé? Comme chantait la grande Mireille: «Ma chanson ne leur a pas plu, tant pis, n'en parlons plus!» Au grand désespoir de ma mère qui, de son côté, se creusait les méninges pour me sortir de cette passe de plus en plus malsaine. Et ce que tous mes efforts, toute ma roublardise n'avaient pu obtenir, c'est elle qui sut y parvenir. Merci, maman...

6

Studio Michel

Août 1994. Je suis allongé sur un transat, en pleine séance de bronzage. J'entends tinter la sonnette d'alarme que ma mère n'a de cesse de tirer. La routine... Ce matin-là, pourtant, sa voix est plus déterminée que d'habitude.

— Benjamin, écoute-moi bien. Michel Drucker lance une nouvelle émission. Il y aura forcément des places de stagiaires. Je l'appelle et lui demande de te joindre. Prépare-toi à travailler.

Stagiaire? Moi, Benjamin Castaldi, ex-entrepreneur, ex-producteur, servir des cafés, faire des photocopies, subir les brimades de petits chefs qui ne m'arrivent pas à la cheville? Qu'est-ce que c'est que cette blague? C'est absolument hors de question! Je ne vais quand même pas tomber si bas – plus bas, à vrai dire, que je n'ai jamais été. Patron j'étais, patron je resterais. Mon propre patron.

Quelques jours passent. J'appelle Michel Drucker. Sa secrétaire me propose une date pour le rencontrer. Un peu las, mû par ma bonne éducation mais sans grande motivation, j'honore le rendez-vous.

Sans me l'avouer, j'espère toutefois qu'il débouchera sur quelque chose de concret, afin de rassurer ma mère. Qui en a un peu plus qu'un peu marre de me voir vautré sur son canapé. Mon propre sort, à la limite, m'importe peu. Même si je ronge mon frein. M'imaginer dans la peau d'un subalterne, corvéable à merci, sans aucune responsabilité : j'en pleurerais de rage. Mon malheur était assuré. Mais ne l'aurais-je pas un peu cherché ? J'évite de me poser la question.

Michel Drucker me reçoit dans son bureau. Il prend le temps de m'écouter. L'aventure de La Fringale, mon départ à L.A., le producteur félon… Mes tribulations pathétiques le font bien rire ! Et son rire est communicatif. Entre nous, le courant passe immédiatement.

Michel n'est pas tout à fait un inconnu pour moi. Nous nous sommes déjà rencontrés lorsque j'accompagnais, gamin, ma mère sur ses plateaux. Lui aussi s'en souvient. Il me raconte des anecdotes sur Montand. Ce jour, notamment, où, lui rendant visite à son hôtel, il tomba nez à nez avec une déesse en très petite tenue. Sacré grand-père.

Lors de ce premier entretien, Michel me découvre entêté, drôle et surtout persévérant. Autant de qualités, selon ses critères. Ma présentation achevée, il enchaîne plus sérieusement :

— Je n'ai pas de place comme stagiaire. En revanche, comme tu aimes le cinéma et que tu as l'air de maîtriser aussi bien les classiques que les nouveautés, on va faire des essais pour faire de toi un chroniqueur.

Un poste, un vrai? Je suis aux anges. Alléluia, merci Michel! Partager ma passion du septième art: le cinéphile que je suis ne pouvait espérer mieux. Et puis, je vais travailler à la télévision. Je vois d'ici les zéros s'aligner au bas de ma fiche de paie. Bref, pour ne pas changer, je mets la charrue avant les bœufs. Mais vous commencez à me connaître: un vrai pro de l'illusion lyrique et de la désillusion catastrophique! Naïf un jour, naïf toujours. Chez Michel, chaque chroniqueur de «Studio Gabriel», sa nouvelle émission sur France 2, touchait 1 000 francs bruts par chronique. À la fin du mois: un salaire plus bas que le Smic. Youpi! Et pourtant, pourtant, je ne regrette rien. Non, rien de rien! Les trois années que j'ai passées dans l'ombre immense et au côté de Michel Drucker ont été les plus déterminantes, les plus utiles de ma carrière. Ce furent des moments de rêve et de plaisir pour lesquels, si c'était à recommencer, je serais prêt à payer, pour avoir la chance de les revivre. Faire ses classes à l'école de Michel Drucker, tout le monde vous le dira: cela n'a pas de prix.

Sur «Studio Gabriel», j'ai donc essuyé les plâtres. Il me fallait faire mes preuves. C'était de bonne guerre.

Ma première télé? Le 13 septembre 1994, face à Jean Reno. J'ai le trac. La caméra, je n'aime pas ça. La télévision est le média le plus froid, le plus dur que je connaisse. Il ne supporte pas la médiocrité. Il ne pardonne pas.

Avec Gaël Leforestier, autre chroniqueur débutant, nous avons carte blanche. Drucker nous fait confiance. Il nous donne les moyens de travailler, d'inventer. Au regard des moyens actuels mis en œuvre sur le petit écran, c'est un vrai luxe. C'est ainsi que je vais pouvoir interviewer les plus grandes stars du cinéma hollywoodien, de Harrison Ford à Arnold Schwarzenegger, en passant par Jodie Foster. Tony Curtis, que j'adore, honorera même de sa présence le plateau de l'émission. Ce jour-là, il arrive au bras d'une bombe siliconée : sa femme. Lui arbore une moumoute impatiente qui ne tient pas en place. En sa compagnie, j'ai tout loisir d'évoquer le souvenir de ma grand-mère. Curtis connaissait bien Simone Signoret, qu'il avait croisée à maintes reprises à Hollywood. Il l'appréciait énormément. Ses mots me vont droit au cœur.

Il m'a fallu du temps avant d'être vraiment à l'aise face à la caméra. Je me trouvais mauvais comme un cochon. Y compris physiquement. À chaque émission, malgré l'exaltation, j'étais au supplice. Je n'étais pas en harmonie avec mon corps, pas en accord avec mes émotions, avec l'image que je voulais offrir de moi-même. Mais il fallait bien, pourtant, que je sois « au top ».

Entre les chroniqueurs de Drucker, la règle du jeu était simple et tenait en un mot : concurrence. Je n'ai pas dit « croc-en-jambe », mais la lucidité oblige à l'avouer : à la télé, il n'y a pas de place pour tout le monde. On y progresse entre les deux mâchoires d'un étau. Tout en haut de la pyramide, les sièges sont rares et précieux. Normal qu'ils soient si convoités. Chacun d'entre nous crevait d'envie de réussir. Pas nécessairement aux dépens des autres, mais il fallait penser d'abord à soi. Comme au théâtre, le plateau de «Studio Gabriel» était donc livré à ce qu'on appelle la «bonne concurrence».

Au début, j'étais surtout envieux de Gaël Leforestier, qui passait aux yeux de tous pour le meilleur d'entre nous. J'étais le premier à le penser, et je le pense toujours. Sans doute n'a-t-il pas connu, par la suite, la trajectoire et la réussite que tous lui promettaient. C'est plus que regrettable, car il me plaît de le redire: il était vraiment le plus brillant.

Moi, j'étais plutôt du genre bûcheur. Si je voulais percer, je n'avais pas trop le choix. C'est la règle d'or du métier. Contrairement à une légende trop répandue, et malgré le nombre croissant de chaînes, de chroniqueurs et d'animateurs, la télévision n'est pas faite pour les paresseux. Impossible de se présenter à la caméra en dilettante, les mains dans les poches, sans avoir peaufiné son intervention. Non seulement la sanction est immédiate, mais elle est filmée: et l'on a tôt fait de passer pour le dernier des crétins (restons polis).

Il m'est arrivé, une fois, de tomber dans ce travers. C'était au début des années 2000. J'animais une émission sur Europe 1, où je recevais des artistes. Ce jour-là, j'interrogeais Agnès Varda en mode «cool». Trop «cool». Trop sûr de moi. Je croyais connaître sa vie et son œuvre sur le bout des doigts. Pas besoin de bosser davantage, mon bagage cinéphilique suffirait amplement. Je n'avais même pas pris le temps d'aller voir son dernier film. Agnès Varda s'en est vite aperçue. En quelques secondes, elle m'a fracassé. Bien joué. Et bien fait pour moi. Elle avait raison. J'aurais voulu disparaître au fond de mes petits souliers. L'émission terminée, je me suis juré de ne jamais plus me retrouver dans une telle situation. J'ai même développé une véritable intolérance à l'impréparation. Si un journaliste me pose des questions superficielles et sans intérêt, qu'il n'a pas travaillées en amont, aussitôt je m'énerve, je dégoupille. J'aime autant vous prévenir : je peux devenir très, très désagréable. Je ne supporte pas la médiocrité. D'autant qu'avec Internet on n'a plus l'excuse de manquer d'informations. Ignorance interdite !

Être journaliste est une chance. C'est l'un des plus beaux, des plus gratifiants métiers du monde. Mais il implique d'être avant tout curieux et respectueux des personnes interrogées et des sujets traités. Quand on reçoit un acteur ou un écrivain, il est inconcevable de ne pas connaître sa date de naissance, ses origines, son parcours, son but, ses envies, ses passions, ses œuvres. Mon père n'a pas eu tort de remettre gentiment mais fermement en place Raphaël Mezrahi qui, pour une caméra cachée, l'interviewait sans pouvoir citer un seul de ses films ou simplement lire sa fiche. Il y avait de quoi être agacé ! Je dois sans doute tenir de lui.

Drucker m'a souvent dit, avec autant d'expérience que de raison :

— Ne pose jamais une question dont tu ne connais pas la réponse.

C'est la sagesse même. J'ai vu et entendu des animateurs – et des animatrices – demander à leurs invités comment allait leur père mort depuis des années. Des noms ? Ils se reconnaîtront. Ils sont marqués au fer rouge de leurs fautes professionnelles, équivalent pour moi d'une tunique d'infamie. Cet irrespect est détestable.

La totale liberté que nous offrait Drucker ne s'expliquait pas autrement. Il savait que, de cette manière, nous serions prêts à déplacer des montagnes. Même les sujets les plus loufoques étaient travaillés avec le plus grand sérieux. Nous avons fait des chroniques sur la plongée sous-marine, des reportages dans le désert, des sauts en parapente avec caméras embarquées. Dans ce genre d'exercice, toute erreur est fatale. Gaël Leforestier, lui, tenait la dragée haute à de grosses pointures internationales telles que Madonna. Qu'on le veuille ou non, ce genre de rencontre ne s'improvise pas.

Sans paraître y toucher, Michel n'était pas dupe. Son regard est plus affûté qu'un rasoir : une seule lame suffit ! À mon retour du Festival du film américain de Deauville, je me rappelle qu'il inspecta de très près le sujet que j'avais ramené. Je vis un grand sourire lui fendre le visage et, dans un éclat de rire, sa remarque ne se fit pas attendre :

— Ah! il y a des drapeaux! C'est que tu n'avais pas grand-chose à dire. Les drapeaux dans le vent, ce n'est jamais bon signe...

Quand je regarde aujourd'hui un reportage sur un festival de cinéma et que je vois flotter les drapeaux dès les premiers plans, je souris et je pense à mon tour : « Tiens, ils ne devaient pas avoir grand-chose à raconter... »

À l'époque de « Studio Gabriel », Michel avait coutume de me dire :

— Benjamin, pour être un animateur, un vrai, il faut dix ans d'apprentissage.

Il avait bigrement raison. Ce métier n'est pas inné. Il ne demande aucun don, ne nécessite qu'une solide, véritable formation. Acquérir la technique, être apte à faire le job, cela réclame du temps. Beaucoup de temps. On peut être surdoué, avoir la repartie brillante, déborder de charme et de bagout : ça ne suffit pas. Plantage assuré ! Pour tenir le choc face caméra, il faut maîtriser les techniques d'animation et de gestion de plateaux sur le bout des ongles.

Des programmes comme « Loft Story », « Secret Story », la « Star Ac' » ou la « Nouvelle Star » sont des machines de guerre : mieux vaut ne pas les laisser entre les mains d'amateurs non rompus au maniement de telles armes. Qu'il me soit permis de tirer mon chapeau à tous les animateurs qui s'y sont frottés. On les a copieusement méprisés, en ignorant la technicité qu'ils exigent. Or ce genre d'émission est impitoyable : le droit à l'erreur n'est même pas envisageable. Le direct est un véritable canon à stress. Il réclame du sang-froid, une grande capacité d'adaptation, une disponibilité de tous les instants et une réactivité à toute épreuve. Un seul impératif : satisfaire le grand public. Et une règle morale : respecter les deux cents personnes qui, dans l'ombre, œuvrent à la bonne marche de ces émissions.

Les naufrages professionnels en direct n'en sont pas moins courants. On peut le regretter, pas l'empêcher. Les bêtisiers se feront une joie de les rediffuser en fin d'année, afin que nul n'ignore ni n'oublie.

Nikos Aliagas et moi sommes deux miraculés de ce système impitoyable. Lorsqu'il a été catapulté sur la «Star Ac'», Nikos n'avait aucune expérience d'animateur. Un vrai pari! Il avait été grand reporter, présentateur du JT grec, avant d'être chroniqueur chez Christine Bravo dans «Union libre». Après ce parcours sans faute, voilà notre Nikos lâché dans la fosse aux lions de la «Star Ac'», un peu comme je l'ai été dans la cage aux fauves de «Loft Story». À l'époque, en effet, j'étais encore très inexpérimenté. J'étais un chroniqueur, pas un chef d'orchestre. J'avais toujours été entouré. Or voilà que, d'un coup, je me retrouvais seul face à un défi fou. Une nouvelle émission. Un tout nouveau format. Le grand saut! Il fallait que je sois percutant, que je trouve le ton qui convenait. Je devais aussi travailler, inventer un personnage: le mien. Comme un acteur. Les chaînes, aujourd'hui, ne prendraient plus le risque de lancer des mômes sur de tels programmes. Trop peur de l'incident industriel. Là encore, j'essuyais les plâtres. Et, ma foi, les murs sont restés debout.

J'ai beaucoup d'estime et d'amitié pour Nikos. Les médias n'ont pas toujours été tendres avec lui. Pour continuer à voir la vie en rose, il a dû batailler comme un diable. Je me souviens d'une couverture de *VSD* où j'apparaissais en gros plan, brandissant le 7 d'Or qui récompensait mon travail d'animation sur «Loft Story». Nikos, en dessous, brûlait dans les flammes de l'enfer télévisuel. En pages intérieures, un article raillait les audiences riquiqui de la «Star Ac'». Ce traitement me paraissait très injuste. Quinze jours plus tard, Nikos explosait la barre des dix millions de téléspectateurs. Quelle conclusion en tirer? Que tout est fragile dans les médias. Et que le succès est un château de sable. Surtout à la télévision. À tout moment, tout peut s'effondrer. Un jour, on tutoie les sommets. Le tapis rouge se déroule sous vos pas. Le lendemain, on vous savonne la pente jusqu'à la cave. Pas si dorés que ça, les fameux placards! Le but à atteindre, lui, ne varie pas: progresser, cartonner, maintenir la barque à flot. Un véritable sport de combat. Sans entraînement quotidien, inutile de monter sur le ring.

7

Le monde est Stone

Après de belles années passées aux côtés de Michel Drucker, que je considère comme mon père en télévision, je décide de rejoindre TF1. La chaîne privée m'a demandé de coanimer l'émission « Célébrités » en compagnie de Carole Rousseau et Stéphane Bern.

L'entretien avec Étienne Mougeotte, le président de TF1, est assez conventionnel. Je savais ce qu'il disait de moi : « Ce jeune homme, on ne voit pas ses yeux quand il sourit. Ça ne passera pas à la télévision. » Grâce à « Célébrités », je parachève ma formation de journaliste. J'y réalise les plus gros coups télévisuels de ma carrière. Surtout, je décroche « le » scoop de ma vie.

Ça se passe en 1998. À cette époque, l'actrice américaine Sharon Stone est au top de sa carrière. Elle est, pour ainsi dire, inatteignable. *Basic Instinct* l'a révélée et imposée comme sex-symbol universel. Elle a tourné dans *Casino*, sous la direction de Martin Scorsese. Hollywood l'a récompensée d'un Golden Globe. Tous les journalistes la réclament. Du simple paparazzo au présentateur de CNN, les médias du monde entier ont les yeux rivés sur cette actrice méga-*bankable*. Je les ai donc aussi. Dois-je rappeler que j'anime alors «Célébrités, le magazine sur la vie des stars»? Comment n'aurais-je pas l'envie folle de décrocher le gros lot?

Un coup de chance me facilite la tâche. Mes tuyauteurs m'apprennent que Danielle Mitterrand, que j'ai reçue précédemment sur Europe 1 et avec qui j'ai sympathisé, est invitée au West Temple de Los Angeles pour une conférence du dalaï-lama. Et qui doit l'accompagner? Sharon Stone, pardi. L'occasion est trop belle de rencontrer la star. Il suffit que je fasse passer ma demande d'interview par Danielle Mitterrand.

Enfin, un mercredi, la nouvelle tombe. La remise de prix est prévue pour le vendredi suivant. Branle-bas de combat! Une opportunité inouïe s'offre à moi. Je suis surexcité. Mais cette fois, pas de faux pas. Je vais devoir à la fois manœuvrer en finesse et passer en force. De la stratégie, Benji! Viser juste et foncer, tête baissée. Je réussis sans trop de mal à convaincre la production. Cela fait, je monte une équipe et réserve des billets d'avion en première classe (on ne se refait pas), seule façon de pouvoir échanger quelques mots avec Mme Mitterrand dès le début du voyage. Les formalités logistiques ficelées, je téléphone, enjoué, à mon correspondant à Los Angeles. Il m'écoute patiemment exposer mon plan de bataille. Et me rit au nez. Sharon Stone? Mission impossible! Beau joueur, il accepte toutefois de contacter l'attachée de presse de la star. Réponse : « *No !* » Je ne peux pas dire que je ne m'y attendais pas. Il va falloir jouer très serré. Mais cela, je m'y suis préparé. Plus un novice, Benji !

Vient le jour du départ. Dans l'avion, je cherche partout l'épouse de l'ancien président de la République. L'hôtesse sait-elle où Mme Mitterrand s'est installée ? Affirmatif : elle voyage en business class et non en première, comme je l'imaginais naïvement. Ça commence bien !

Le vol se déroule agréablement, à feuilleter ensemble des souvenirs d'un autre temps. Nous évoquons Yves Montand et Simone Signoret, ma grand-mère, qu'elle a bien connue. Le passé est toujours plus beau. Conversation sympathique et touchante. Mais je ne perds pas de vue mon objectif. Les heures passent et je n'ai pas encore abordé le sujet délicat : Sharon Stone. Bientôt l'avion amorcera sa descente. Je ne peux plus attendre. De but en blanc, je m'entends proposer à Danielle Mitterrand l'interview croisée dont je rêve depuis si longtemps et que je tente de concrétiser depuis trois jours. Je lui explique l'angle particulier que pourrait prendre l'entretien : un face-à-face entre une femme de pouvoir et une femme fatale ! Les mots sont flatteurs, l'axe est original, le projet semble lui plaire. Mais nul « oui » franc et massif ne vient clore notre discussion.

Arrivé à L.A., bonne nouvelle : mon correspondant local a réussi à me procurer une accréditation presse. Un très précieux sésame pour se rapprocher de mon objectif.

Sur place, le dispositif de sécurité est impressionnant, semblable à une protection présidentielle. En costume deux-pièces, je piétine derrière les barrières anti-émeutes, comme la multitude de journalistes attirés par le scoop potentiel. Si je reste parqué là, il est évident que je repartirai bredouille. Mais comment franchir les barrières? Au bluff, pardi. Je prétexte une interview avec Danielle Mitterrand. Le gars du staff, sans broncher, nous ouvre la voie et nous installe, mon équipe et moi, dans une vaste salle à l'écart de la meute médiatique. Benji, *one point*.

Aussitôt, le même homme nous donne une précision d'importance: nous resterons enfermés là pendant toute la durée de la cérémonie. Il ne viendra nous «délivrer» qu'à la toute fin de l'événement, lorsque le dalaï-lama aura quitté les lieux. Malédiction! À cette seconde, j'en pleurerais de rage et d'impuissance. Tous mes espoirs s'envolent. Mon plan tombe à l'eau. Sharon et Danielle sont là, à quelques dizaines de mètres. Jamais je n'ai été aussi proche du but. Et jamais aussi loin, car la pièce où nous sommes enfermés se trouve à l'opposé de la salle où se déroule la conférence. J'imagine sans peine la tête de la production à notre retour, sans images et sans interview.

Deux heures plus tard, la porte de notre prison s'ouvre. Enfin libres! Sa Sainteté le dalaï-lama est parti plus tôt que prévu, suivi de sa garde rapprochée. Sharon Stone et Danielle Mitterrand se trouvent quelque part dans l'immense bâtiment. Vite, les localiser! Les attirer dans notre studio improvisé. Tous les membres de l'équipe sont sur le sentier de la guerre. La «chasse aux stars» est ouverte! De mon côté, rongé par le stress, le sang couleur d'encre, je déambule dans les couloirs d'un pas nerveux, quand je tombe nez à nez sur Danielle Mitterrand. Pour un peu, je l'embrasserais! Elle accepte de me suivre. Mais pas seule: en compagnie de Sharon Stone. C'est gagné! L'interview de ma carrière peut commencer. Première question, ou l'une des premières:

— On a plus souvent l'habitude de voir des femmes prendre la parole pour défendre la cause de l'humanité que la cause des femmes, non?

Réponse, lumineuse, de Sharon Stone:

— Lorsqu'on parle de féminisme, on considère les hommes et les femmes comme divisés. Or il importe avant tout de considérer les hommes et les femmes comme faisant partie de l'humanité, sans distinction de races, de religions ou de cultures... Néanmoins je pense que les femmes forment une communauté, comme d'autres qui ont dû se battre pour conquérir leurs droits. Il est essentiel que des femmes telles que Mme Mitterrand mènent ce combat au quotidien. Le fait d'être une femme est secondaire. Il s'agit d'un accomplissement personnel.

Quelle actrice sublime! Des belles femmes, j'en ai rencontré. Mais d'aussi torrides... Sharon, elle, a ce petit quelque chose en plus. Un supplément d'âme et un charme dévastateur. Qui me subjuguent. Je voudrais que cette interview n'ait jamais de fin. Il va pourtant falloir conclure... Avant d'avoir le dernier mot, Sharon Stone glisse un message personnel à Danielle Mitterrand, une marque de sa profonde estime:

— C'est un honneur pour moi de vous connaître. Je peux dire que vous m'avez incitée à être plus déterminée, à persévérer, à accomplir de plus grandes choses et à ne pas me laisser impressionner par les obstacles. En grandissant, j'espère vous ressembler davantage.

Notre entretien est envoyé illico presto, avec photos, à *Paris Match*. Mon premier texte pour le prestigieux magazine ! Sharon Stone est mon ticket gagnant et mon ticket d'entrée à *Match*. Par la suite, j'y signerai quelques piges.

Du côté de TF1, tous les responsables de la chaîne sont bluffés. On a le scoop ! Il est diffusé devant des millions de téléspectateurs. Mon correspondant n'en revient pas. Chacun son rêve américain. Le mien vient de se réaliser. Je me rends bien compte, sur le coup, que le pari était culotté. J'avais une chance sur cent, pas plus. Mais je l'ai saisie par les cornes. Ma première réussite aux States, après le fiasco de mon expérience de producteur à L.A. Tout vient à point.

De cet épisode victorieux, j'ai tiré les leçons. Une, surtout : rien ne sert de passer par les agents artistiques. À moins de vouloir absolument se mettre des barrières. Car c'est une règle bien établie : l'entourage d'une personnalité de premier plan déploie systématiquement un cordon sanitaire infranchissable autour de sa vedette. J'ai pu le vérifier en de nombreuses autres occasions.

J'ai assisté, par exemple, à une rencontre de presse avec Richard Gere. Nous étions une cinquantaine de journalistes, censés défiler l'un à la suite de l'autre pour interroger l'acteur. Temps imparti à chacun : cinq minutes chrono, ni plus ni moins. Le responsable de la communication veille tel un cerbère. Aux États-Unis, il est nommé publiciste. La plaie de toute interview. Dans ce genre d'exercice, il est bien rare que les questions ne soient pas superficielles. Au bout du compte, les reportages et les papiers sont tous plus ou moins semblables.

Face à Richard Gere, ce jour-là, je me rappelle avoir abordé d'emblée le thème de la spiritualité. Le sujet l'avait surpris, intéressé. J'avais ferré. Il a demandé à son attachée de presse de prolonger notre entretien. J'ai ainsi pu creuser mon interview. Situation peu ordinaire dans ce cadre, et très enthousiasmante. Je vous garantis que Julia Roberts, sa compagne dans *Pretty Woman*, n'aurait pas réagi de cette façon. Elle aussi, je l'avais rencontrée à New York lors d'une conférence de presse. D'un ton de poissonnière, elle postillonnait sur les journalistes qui se plaignaient de ces rencontres stériles, d'où jamais ne sort aucune information saillante.

— Au lieu de geindre, leur criait-elle, vous n'avez qu'à vous concerter pour poser des questions différentes. Ça évitera les redites !

Quelle femme désagréable ! Tout l'inverse de Brad Pitt, rencontré à l'occasion de la sortie de *Sept ans au Tibet*, le film de Jean-Jacques Annaud. Entre nous, le courant était superbement passé. Une nouvelle fois, j'avais suivi à la lettre les règles d'or de la bonne interview : établir une relation de confiance avec son interlocuteur, sortir du lot en posant des questions pertinentes, originales, susceptibles d'attiser la curiosité. Avec Brad, je peux dire que nous avons même sympathisé. J'ai longtemps eu son numéro de portable. Mais je n'en ai jamais abusé. En fait, je ne l'ai jamais appelé. Depuis ce temps, le bel éphèbe en a peut-être changé. Mais qui sait? À l'occasion, je réessaierai.

Du fond et de la forme, il y en avait aussi dans mes interviews sur Europe 1. Parallèlement à l'émission «Célébrités», j'animais une quotidienne sur les ondes de la célèbre radio. Une nouvelle occasion de parfaire ma formation de journaliste. J'avais été recruté par Muriel Hees et Jérôme Bellay, patron de la station. Ils m'avaient fait passer un essai. À la fin de mon interview «test», les remarques étaient unanimes : très bon travail, mais pas du tout radiophonique. J'étais tombé dans tous les pièges. J'avais fait un «chapeau» – une longue introduction sur l'invité –, alors qu'il est toujours préférable de le laisser se présenter lui-même aux auditeurs. Le rôle de l'animateur est de mettre en valeur une personnalité, sans bla-bla ni chichis, d'un ton direct et sans ronds de jambe. Bref, ce n'était pas gagné pour moi.

Malgré ce «couac» initial, Muriel et Jérôme m'ont fait confiance. Ils étaient d'accord pour me lancer sur les ondes. Ils m'ont pris en main, m'ont épaulé et soutenu. Grâce à eux, j'ai enchaîné les interviews de prestige. Rien que du haut de gamme! On peut dire que j'étais verni.

Cependant ma double vie, entre TF1 et Europe 1, exigeait de moi une rigueur d'acier. Mon emploi du temps était millimétré. Je me réveillais rarement après 5 ou 6 heures du matin. Pour commencer la journée, je lisais toute la documentation disponible sur mes invités. Y compris leurs livres. Je me rappelle que l'écrivain Patrick Besson, lors d'une conversation reproduite dans un magazine, avait salué mon perfectionnisme :

— Tu es le seul à lire réellement les bouquins de tes invités !

Mes confrères apprécieront ou n'apprécieront pas, mais j'ai tendance à croire que Besson sait de quoi il parle. Quant à moi, il n'était pas rare de me retrouver avec cinq livres à assimiler par semaine. Ce qui m'a permis de mettre au point une technique de lecture brevetée pour embrasser en un temps record n'importe quel ouvrage dans son intégralité.

J'ai reçu sur Europe 1 de nombreux invités, issus d'univers très dissemblables. Mon appétit de savoir était rassasié. J'ai eu l'honneur d'accueillir Ingrid Betancourt, quelques jours avant son enlèvement par les Farc. Mais aussi Enki Bilal, ou encore Jorge Semprun, meilleur ami de Montand, avec lequel il a souvent travaillé, de *Z* ou *L'Aveu* de Costa-Gavras à *Netchaïev est de retour*, sans oublier le sublime *Une femme à sa fenêtre* d'après le roman de Drieu la Rochelle. Je me souviens lui avoir avoué en « off » :

— Dire que vos livres étaient sur la table de chevet de mes grands-parents et que je ne vous ai pas lu à cette époque. Il est grand temps de me rattraper !

Un de mes plus beaux souvenirs reste mon interview de Françoise Giroud, immense journaliste disparue en janvier 2003. Il lui avait fallu trente minutes pour se sentir vraiment en confiance. Non qu'elle fût intimidée le moins du monde : elle attendait simplement que je fasse mes preuves. Que je lui prouve mon professionnalisme, ma légitimité à la questionner. Comme on montre patte blanche. À la fin de l'échange, elle arborait un sourire radieux. L'inoubliable plissement de ses yeux ! Il est ancré dans mon cœur. Du regard de cette grande dame de la culture et du féminisme émanait une sincérité calme et sereine que j'ai rarement retrouvée. Avant de partir, en confidence, elle m'a glissé que notre échange était l'une des meilleures interviews qu'elle eût données depuis de nombreuses années.

Deux semaines après cette rencontre, invitée sur le plateau de Michel Drucker, elle lui demanda si je pouvais faire partie de ses invités. France 2, mon premier employeur à la télévision, s'opposa à ma venue. Pour quelle raison ? Mon image était brouillée. Je venais de quitter TF1 quelques mois auparavant. Ma carrière prenait un drôle de tournant. J'avais accepté d'animer une émission qui allait changer la face de la télé : « Loft Story » sur M6. Pour le meilleur et, disaient les témoins de cette étrange union, peut-être pour le pire.

8

Bienvenue au Loft

Nous voici en février 2001. Je suis toujours chroniqueur sur TF1, dans l'émission «Célébrités». Mais pour peu de temps. La fin de mon contrat avec la chaîne approche. C'est le moment choisi par Thomas Valentin, le patron de M6, pour m'appeler. Il ne s'agit pas d'un simple coup de fil de courtoisie. Thomas voudrait connaître mes désirs, savoir quelle est ma stratégie pour l'avenir. Dans sa tête, une idée. Qu'il m'expose sans tergiverser. Il m'offre la présentation, en hebdomadaire, d'un magazine people haut de gamme qui s'appellera «Jet Set».

Thomas Valentin avait peu de doutes sur ma motivation. Il n'avait pas tort : sa proposition correspond exactement à ce que je désirais. Battant le fer tant qu'il est chaud, il profite de mon enthousiasme pour me parler d'une autre émission, dont le lancement est prévu au printemps suivant. Un magazine sociétal à l'ambition clairement affirmée : renouveler de fond en comble notre perception de la télévision. Tel était, à l'époque, l'argument massue de M6 pour justifier son choix de programmer le «Loft» :

une révolution pour le petit écran. Dans le concept de départ, en effet, comme dans les premières émissions, l'innovation sera totale. Deux psychologues, présents sur le plateau, auront pour mission d'expliquer et de commenter les comportements des candidats, invitant le public à réagir. Nous sommes alors tous loin d'imaginer l'ampleur que prendra le phénomène. Avec le baptême de «Loft Story», la téléréalité est sur les rails.

Sensible à l'intérêt de Thomas Valentin, je n'accepte pas d'emblée sa seconde proposition. Je veux d'abord me renseigner. J'apprendrai plus tard que le «tout Paris», comme on dit, a refusé avant moi. En somme, je suis la dernière roue du carrosse, mais je ne le sais pas. Le pari, il est vrai, est risqué. C'est une grande première, un lancement audacieux. À la même époque, TF1 étrenne avec succès «Qui veut gagner des millions?», présenté par le charismatique Jean-Pierre Foucault. Pour lui répliquer, M6 a décidé de mettre à l'antenne «Mission : 1 million», présenté par le séduisant Alexandre Delpérier, un transfuge de TF1. Avec un certain cran, ce dernier a fait le choix de quitter la première chaîne européenne pour «la petite chaîne qui monte, qui monte». Manque de bol : l'émission s'est soldée par un plantage en règle. Je ne veux pas suivre le même chemin. Pour éviter de faire le mauvais choix, j'ai besoin de recueillir plusieurs avis. À droite, à gauche, je demande conseil aux «professionnels de la profession» et à mon entourage.

Michel Drucker, le premier, me conseille de foncer. Son frère Jean, qui dirige alors M6, lui assure qu'il y aura un avant et un après «Loft Story».

Il pense que l'émission est une superbe occasion pour moi, une chance qui ne se représentera pas. Et qui pourrait bien dynamiter ma carrière.

Naïvement, et aussi bizarre que cela puisse paraître aujourd'hui, je n'ai pas encore fait le lien direct avec l'émission néerlandaise «Big Brother». Il s'agit pourtant de présenter l'adaptation française de ce format original. Or l'émission en question a permis à une chaîne inconnue, Veronica, de devenir la chaîne des Pays-Bas à la plus forte audience en quelques semaines. Un véritable phénomène télévisuel prenait forme. et puisque ma décision n'est pas encore prise, je décide de jouer mon destin à la roulette...

Avec mon ami Jérôme Béglé, ancien de *Paris Match* aujourd'hui au *Point*, nous avalons les kilomètres jusqu'à Enghien. Direction le casino, au bord du lac. Sur la route, les signes se multiplient. Il s'agit d'y croire, et j'en ai envie. Dans la voiture, la chanson de Jean-Jacques Goldman, «Là-bas», rythme notre trajet. Quel avenir m'attend sur M6? Nous chantons les paroles en nous donnant la réplique. J'imite Goldman:

— Là-bas, tout est neuf et sauvage! Là-bas, faut du cœur et du courage, mais tout est possible à mon âge!

Et Jérôme, en écho:

— N'y va pas! Y a des tempêtes et des naufrages, le feu, les diables et les mirages...

Arrivé au casino, je mise tout sur le 6. Faites vos jeux, rien de va plus! Mais alors plus du tout. Banco! Jackpot! Le 6 remporte la mise. La roulette a parlé. Ma décision est bien prise. Elle l'était avant cette virée sur tapis vert. Simplement, je n'osais pas me l'avouer.

Il me faut maintenant annoncer la nouvelle au grand sachem de TF1. Donner sa démission. Tourner la page. Ni une mince affaire ni une partie de plaisir. Étienne Mougeotte tarde d'ailleurs à me recevoir. La rumeur aurait-elle couru jusqu'à lui? Peut-être souhaite-t-il me faire changer d'avis. Que je pèse le pour et le contre. Il finit par me recevoir et commence par me féliciter pour mon choix. Je me souviens lui avoir répondu :

— Mais je reviendrai sûrement. La vie est un cycle.

Pas dupe, ce vieux routier me retourne avec grandiloquence :

— Quand on quitte TF1, on quitte la chaîne pour toujours.

Face à Étienne Mougeotte, j'ai soudain l'impression d'être Benjamin Bougeotte... Car, il a raison, ce qui se joue dans ce bureau n'est pas une simple démission. C'est une franche rupture. Et il tenait à me le faire savoir. Je ne quitte pas seulement la chaîne, j'abandonne une famille. Ingratitude du fils prodigue. Engagé dans une nouvelle aventure, je n'ai même aucune idée ce qui va me tomber dessus, pluie d'or ou douche froide. Je débarque en terre inconnue, après des années de cocooning.

Je me rappelle très bien mon premier *prime time* sur M6 et des mots que je prononçai alors :

— Après ça, rien ne sera plus comme avant. C'est la première expérience télévisuelle de la sorte.

Pas un applaudissement sur le plateau. Le stress était palpable. Les dés étaient jetés.

M6 voulait lancer une émission chic. Il a suffi d'une piscine pour ruiner ses espoirs. Trois jours après le démarrage, les ébats aquatiques de Loana et Jean-Édouard, deux de nos candidats «lofteurs», donnent le ton du programme. En quelques minutes, nous passons d'une émission «sociétale» à un phénomène de société.

Cette nuit-là, je reçois un appel de la production. Catastrophée! La phrase est laconique: «Ça y est, ils ont baisé!» L'émission sociétale avait vécu trois jours. On m'apprend ce qui s'est passé dans la piscine. Adossé au rebord, à demi immergé, Jean-Édouard se laissait embrasser à pleine bouche par la blonde Loana, qui ondulait du bassin. Quant au haut de son bikini, pfuitt, envolé! Les mouvements et les expressions des deux lofteurs ne laissaient aucune place au doute. Le «Loft» étant filmé vingt-quatre heures sur vingt-quatre, rien ne pouvait échapper à l'œil inquisiteur – d'autre disent voyeuriste – qui servait de logo à l'émission, dont c'était le principe. L'avant et l'après prophétisés par Jean Drucker, c'était donc ça: une séance de Kâma-Sûtra dans une piscine chauffée.

Si cet épisode a propulsé Loana et Jean-Édouard à la une des magazines people, alors en plein essor, il a également bouleversé ma carrière et chamboulé ma vie. Les menaces de mort ont commencé à affluer. La chaîne en recevait. De mon côté, je retrouvais des cercueils dans ma boîte aux lettres et des tampons usagés dans mon courrier. J'étais devenu un bouc émissaire, le fossoyeur du bon goût et de la décence, le champion du «moins-disant culturel», le cavalier de la décadence.

L'animateur à abattre, c'était moi. À moi seul, je personnifiais le programme, dans toute sa bassesse selon les uns, dans sa nouveauté selon les autres.

Pendant plus de trois mois, j'ai mené une vie compliquée. J'étais accompagné en permanence. La chaîne m'avait octroyé une garde rapprochée. Elle venait me chercher à la maison à midi. Direction Europe 1, où j'enregistrais mon émission. J'en ressortais à 16 heures pour rejoindre La Plaine-Saint-Denis, où le direct du «Loft» m'attendait. À la fin de la quotidienne, on me raccompagnait chez moi, avec interdiction de mettre le nez dehors. Je me retrouvais dans la même situation que les lofteurs... mais sans piscine et sans caméra! Et ce planning était de mise sept jours sur sept. Ma vie était calibrée, organisée à la minute près. Aucune place pour l'imprévu.

Bien plus qu'une émission, le «Loft» est rapidement devenu un phénomène, un événement en soi, dépassant de beaucoup le simple cadre de la télévision. Je vivais comme une rock-star, alors que j'étais un simple animateur. Et l'émission suscitait des controverses passionnées à tous les niveaux de la société.

Pour faire face à cette folie, aux fans excentriques qui m'assaillaient, je restais concentré, peaufinant minutieusement chacun de mes rôles : mes interviews pour Europe 1, la quotidienne du «Loft» et le *prime time* hebdomadaire. Rien ne devait être laissé au hasard. La tâche était lourde. J'enchaînais deux émissions totalement différentes. D'un côté, une animation populaire devenue incontournable; de l'autre, des chroniques radiophoniques qui me permettaient de préserver une certaine légitimité. Car je souhaitais garder mon statut de journaliste. Ma mère a toujours affirmé qu'elle préférait entendre son fils sur les ondes d'Europe 1 plutôt que de le voir sur M6. Je respectais son point de vue.

La pression n'a jamais été ma pire ennemie. Je suis de l'école Nelson Piquet. Lorsqu'on lui demandait s'il ressentait de la pression avant une course, le champion de Formule 1 répondait :

— La pression, moi, je la mets dans les pneus.

En d'autres termes, mieux vaut en faire un atout qu'un handicap. En ce qui me concerne, je parvenais aisément à jouer avec les différents timings. Ce qui m'inquiétait beaucoup plus : le regard des autres. Le «Loft», d'ores et déjà, avait transformé mon image. La presse ne me loupait pas, la cible était trop belle. Je provoquais l'hystérie collective. Il m'est arrivé de me faire agresser à la sortie de la radio ou d'être gentiment, mais franchement entarté. Comme je dis toujours : mieux vaut de la crème pâtissière qu'une batte de baseball.

Heureusement, mes proches n'étaient jamais loin. Ils me soutenaient. La chaîne, elle, mettait tous ses moyens à ma disposition, afin de me faciliter la vie. Car je focalisais l'attention de la France entière. Pensez que nous réalisions 75 % de parts de marché sur la tranche des 15/34 ans ! Le soir de la finale, plusieurs millions de personnes nous suivaient devant leur écran – 7 294 680 pour être exact. Un carton maousse !

La vie des candidats, évidemment, était également sens dessus dessous. Sortis de leur anonymat, ils étaient devenus, en l'espace de quelques semaines, sinon d'authentiques vedettes, du moins d'incontestables célébrités. Les téléspectateurs ressentaient une vraie proximité vis-à-vis d'eux. Ils avaient découvert le «Loft» en même temps. Comme moi. Comme vous tous. Spectateurs, candidats, jusqu'à l'animateur : tous, nous partions à l'aventure, sans savoir où l'expérience nous conduirait.

Et puis, le soir de la finale, après la sortie des candidats, la réalité reprit ses droits. En fanfare. Une réalité modifiée. La foule acclamait les candidats. La gagnante, Loana, remontait l'avenue de la Grande-Armée, debout dans une luxueuse berline. Sur son passage, les gens hurlaient son nom. Certains l'agonissaient d'insultes et de crachats. D'autres chantaient à l'unisson :

— Loana, Loana !

L'air était saturé d'une folie proche du fanatisme. Les téléspectateurs s'étaient pris d'affection pour les candidats, surtout pour la blonde pulpeuse. Passif, le public du «Loft»? Jamais de la vie ! Au contraire, la fusion était totale. Les soirs de vote pour éliminer ou sauver un candidat, tous les records d'appels étaient battus. Il n'y avait donc rien d'étonnant à ce que la foule soit si nombreuse sur les Champs-Élysées, le soir de la dernière. Nous nous attendions à un tel phénomène de masse. Mais s'y attendre est une chose, l'éprouver physiquement en est une autre. Mon sentiment, partagé par tous : avec cette émission, nous avions réussi à créer une véritable mythologie, au sens que Roland Barthes donnait au mot. Et une mythologie nationale.

Il m'arrive parfois de croiser par hasard des candidats de la première édition. Le sympatoche Steevy, par exemple, qui a rejoint plus tard la bande de chroniqueurs du nom moins sympathique Laurent Ruquier. À chaque fois, je ressens en les voyant une émotion particulière, une certaine tendresse, même si je n'ai tissé aucun lien réel d'amitié avec eux, contrairement à ce qui a été dit et écrit dans de nombreux médias. Je ne les accompagnais pas dans leurs sorties. Je ne faisais pas la fête avec eux. Je ne passais pas mes week-ends avec Loana, Steevy, Jean-Édouard ou Laure. Mais nous sommes passés, ensemble et en même temps, par un accélérateur de carrière et de notoriété. En comparaison de cet ouragan, une soufflerie industrielle n'est qu'une aimable brise. Cette lessiveuse fut une chance pour certains. Un désastre pour d'autres.

J'ai de la peine, aujourd'hui, évidemment, quand je vois ce qu'est devenue Loana. Cette chouette fille un peu perdue, qu'une certaine presse comparait, à l'époque du «Loft», à Bardot ou Marilyn, ne méritait pas cette cruelle dégringolade. Elle s'est abîmée sur la route, non pas de la téléréalité, mais de la célébrité. Icône mal entourée devenue victime sacrificielle.

Je n'oublierai jamais les moments de vie et les instants de télévision liés au «Loft». L'émission m'a marqué. J'étais estampillé «Loft Story». Pas toujours à mon avantage. Mais n'attendez pas de moi que je crache dans la soupe, même pour lui donner du goût. Elle n'en avait pas besoin, le brouet était suffisamment relevé! Ma position n'a jamais varié d'un iota : « Loft Story » fut pour moi une extraordinaire aventure. Je n'en regrette pas une seule seconde. Et je ne laisserai personne affirmer l'inverse.

Un moment particulier me reste en mémoire. On le retrouve dans tous les zappings de l'émission, ces florilèges d'instants cultes. Encore une histoire d'eau. Pas la scène légendaire impliquant, en bikini et caleçon de bain, Loana et Jean-Édouard en plein émoi pelvien. Mais celle où, à mon tour, je me suis retrouvé à la baille, plongé dans la même piscine. À l'occasion d'un *prime*, les lofteurs éliminés avaient conquis le droit de retrouver les lieux de leurs exploits. Nous leurs avions accordé une petite heure de partage avec leurs anciens camarades. Tous étaient heureux et déchaînés, mais le moment était venu de regagner la sortie. Ce que je leur demandai, d'abord avec gentillesse, puis avec fermeté. Sans résultat. Changement de tactique : un zeste de chantage. S'ils ne profitaient pas de l'encart publicitaire pour quitter les lieux, il fut convenu que je viendrais les chercher en personne, pour les reconduire à la porte des studios par la peau des fesses. L'idée a dû leur plaire. À la reprise du direct, ils n'avaient pas bougé d'un centimètre. La situation devenait ingérable. En homme de parole, j'ai pénétré dans le loft avec assurance. Les trublions allaient voir de quel bois je me chauffe ! Mais c'est moi qui ai vu. Et même bu. Le traquenard était parfait. Dès mon entrée, les comploteurs m'ont saisi par les pieds et par les mains. Immobilisé, Benji ! Neutralisé, tel Gulliver. À la différence que le héros de Swift n'a pas fini tout habillé dans une piscine ! Mon beau costume était trempé ; mes micros, grillés.

J'étais fou de rage et ça se voyait. Les mauvaises surprises, très peu pour moi. J'ai fini le direct dans l'eau, avec un micro-fil pour interviewer les candidats. Une formule originale, je ne dis pas le contraire. Mais je n'avais qu'une envie : en finir avec ce sketch. Je n'avais pas apprécié le coup tordu de la mise à l'eau. Ils voulaient seulement plaisanter, d'accord. Mais je n'étais pas client. Aujourd'hui encore, je garde un goût amer à l'évocation de ce moment de solitude. Je n'aime pas être le dindon de la farce. Mais cela, vous l'aviez compris.

D'autres anecdotes sur cette première saison du «Loft»? Plus que si j'avais mille ans! Je ne risque pas d'oublier, par exemple, le jour de juin 2001 où Jean-Claude Van Damme est venu nous rendre visite dans l'émission. Le charismatique acteur belge, ce jour-là, était très en forme. Ses propos n'étaient pas incohérents, non. Disons qu'ils étaient difficiles à suivre. S'adressant à Aziz, tout juste éliminé, il eut cette réplique d'anthologie :

— Il y a une différence entre être jaloux et envieux. Jalousie, c'est pas bien, mais envieux c'est très, très bien, parce qu'envieux, c'est faire mieux que moi. Alors son enfant sera mieux que moi, mon enfant mieux que moi, et c'est comme ça qu'on fait un meilleur monde, hein, OK?...

Invité à faire une démonstration avec son jeune admirateur, il aura encore cette réflexion frappée au coin du non-sens :

— Il y a beaucoup d'orphelins. Il y aura toujours des familles qui voudront leur enfant à eux, parce que les gens sont égotistiques, ce qui est normal, parce que c'est comme ça qu'on peut aller sur la Lune.

Inoubliable...

Un autre soir, pendant le *prime time*, un intrus a bondi du public comme un diable surgi de sa boîte. Vêtu d'un kimono et brandissant un nunchaku, le kamikaze m'a rejoint sur le plateau. Sur le coup, j'ai cru qu'il s'agissait d'un artiste programmé par la production. Un peu surpris tout de même par l'étrange numéro de ce *performer*, je me suis empressé de contacter la régie : combien de minutes allait durer la prestation de ce monsieur ? Il n'était pas question de perdre le fil de mon conducteur. Et je commençais à angoisser. Au bout de trop longues minutes d'improvisation en solo, la production m'apprend que l'homme au nunchaku a échappé à la vigilance de la sécurité. Mon sang s'est glacé. Qui sait de quoi était capable cet homme armé ? J'étais donc sur le qui-vive. Mais le perturbateur, authentique fan du programme, se contenta d'achever son tour de passe-passe, avant de ressortir sagement sous les applaudissements – et à mon grand soulagement. Il avait seulement voulu goûter à son quart d'heure de gloire cathodique. Bien joué, l'artiste !

La deuxième saison de « Loft Story » n'a pas connu le même engouement. Ni les mêmes audiences. Le casting, disons-le sans détour, était moins savoureux. Et nous étions devenus des professionnels. Envolée, la fraîcheur spontanée des premiers temps. Je soupçonne qu'Endemol n'était pas pour rien dans cette « stratégie ». Le producteur du programme, en effet, venait de signer un contrat de quasi-exclusivité avec TF1, ce qui créait des tensions avec M6, le diffuseur du «Loft». Aujourd'hui, je n'ai plus guère de doute à ce sujet: la deuxième saison de «Loft Story», sur une chaîne qu'elle s'apprêtait à quitter, a sciemment été bâclée par la prod. Univers impitoyable et pitoyable de la télévision...

Quant à moi, mon emploi du temps devenait ingérable. J'en ai profité pour mettre fin à mon émission sur Europe 1, afin de me consacrer à la production télévisuelle. J'avais besoin de me poser un peu après cette saison de folie. Je commençais à comprendre une chose: pour être vraiment bon, il faut faire des choix. Impossible d'être sur tous les fronts. Le surmenage mène rapidement au *burn out*, et le *burn out* à la médiocrité. C'est l'autre mal du siècle, celui des carriéristes.

La page journalistique de ma vie se refermait. Y reviendrai-je un jour? Pas sûr. Croyez-le ou non, je n'ai jamais rêvé de briller devant les caméras. Mon ambition, depuis toujours, est tout autre: être un génial entrepreneur. Un homme d'action et de décision. Un Bernard Tapie. Mais sans les franges.

9

Lovers up and down

Je suis passé par le «Loft» comme le yogi sur les braises. Ce rite de passage m'a permis d'évoluer du statut de simple chroniqueur à celui de «grosse vedette» de la télévision. Du jour au lendemain, je me suis retrouvé dans le Top 5 du PAF. Contrepartie de cette célébrité fraîchement et brutalement acquise : un tourbillon infernal dont je ne suis pas encore sorti.

Je ne crois pas avoir été à l'origine de cette métamorphose. Mon destin a tourné malgré moi, sans que j'en sois vraiment conscient, tel un anticyclone écartant les nuages au-dessus de ma tête. J'aurais mauvaise grâce à prétendre agir sur les éléments, mais je ne peux pas dire que cette embellie m'ait surpris. C'était la conséquence logique de la popularité acquise en présentant le «Loft».

Je possédais désormais ma propre boîte de production, un bureau avec une assistante qui gérait tant ma vie professionnelle que les données plus personnelles de mon existence. Le public et le privé étaient devenus insécables. Et, très vite, je me suis vite laissé embringuer dans une routine confortable. Très confortable. Un chauffeur me servait de garde du corps vingt-quatre heures sur vingt-quatre. Il me conduisait au boulot et partout où je le souhaitais. Mes désirs s'assouvissaient en toute simplicité.

Malgré tout, j'ai gardé la tête sur les épaules. Mais il s'en est fallu de peu qu'elle n'en tombe. Petit à petit, je me déconnectais de la vie réelle, sans bien m'en rendre compte. Je ne descendais plus à la boulangerie acheter ma baguette. D'autres s'en chargeaient pour moi. Je devenais dépendant de mon entourage et des facilités offertes par ma nouvelle vie. J'étais entré dans une logique de vedettariat.

Certains me trouvaient des excuses. Pauvre Benji! J'avais beaucoup de travail et une pression formidable sur les épaules. C'était bien naturel qu'on m'épargne les soucis du quotidien. Ce n'était que partiellement vrai. Présenter des émissions en direct et en *prime time* n'implique pas de se retrancher tout à fait de la réalité. À moins de vouloir vivre en extraterrestre, sur une autre planète. Quand votre peau commence à verdir, c'est qu'il est temps de retoucher terre!

À l'époque de «Loft Story», Flavie Flament et moi formions ce que la presse sur papier glacé appelle un «couple star», digne d'un conte de fées moderne. C'était notre étiquette médiatique et super-adhésive. Nous avions eu un coup de foudre en direct à la télévision. Le petit écran nous avait réunis. Nous lui devions une certaine dévotion. Ce fut notre perdition. Nous pensions rester simples, nous ne l'étions plus du tout.

Flavie renie aujourd'hui toute cette période. Pour ma part, je refuse de m'enfermer dans le déni. Je préfère regarder ma propre vie en face, avec franchise. J'étais tombé dans un schéma de vie classique dans ce milieu, quasi stéréotypé : Courchevel l'hiver, Deauville l'été, bronzage toute l'année. Une vie de rêve grand format, mais formatée quand même. Une vraie caricature pour presse people. Tous, nous avions les mêmes voitures. En grand nombre, jusqu'à la démesure. Je me croyais capable de résister à l'irrésistible attrait de cette vie de cocagne. Je me suis vite rendu compte que je me l'imposais. Ce luxe tapageur était devenu ma seconde peau. J'étais le prince frivole, le flambeur auquel le fric brûle les doigts. J'arrivais le lundi en Aston Martin, le mardi en Ferrari. Il y avait de quoi choquer. Mais pas autant que le vendredi, lorsque je paradais au volant de ma Porsche.

Il m'a fallu du temps pour prendre du recul. Et comprendre que mon comportement pouvait surprendre, voire scandaliser. Pour moi, tout était normal. Je prenais exemple sur Montand, comme toujours. Je ne suis pas Montand, je sais. Mais je voulais lui ressembler à tout prix. Mes faits et gestes, je les calquais sur les siens. L'envie, la jalousie qui m'environnaient, je m'en moquais bien. Je commençais à avoir l'habitude, je m'en accommodais.

Sur le plan personnel, j'étais vraiment comblé. Aucun souci matériel. Tout me réussissait, je surfais sur un nuage, porté par la dynamique du succès. La bonne vague n'en finissait pas de se dérouler sous mes pieds. J'aurais traité de fou quiconque m'aurait prédit le retour de flamme. Je me revois encore dans ma maison de campagne, en Normandie. Seul dans la piscine, je songeais avec fatuité : « Que peut-il m'arriver maintenant ? Le succès ne mène qu'au succès. » J'avais trente-trois ans et j'étais au sommet, bien décidé à m'éterniser tout là-haut. Je m'y suis maintenu plus de dix ans.

Toute vague a son creux. Pour moi, il est arrivé quand j'avais quarante-deux ans. Mais je ne l'avais pas vu venir. Jusque-là, aucun nuage à l'horizon. Une maison, un appartement, des immeubles, des voitures : je ne manquais vraiment de rien, encore moins du superflu. Mon argent était placé et bien placé. Je me sentais en totale sécurité. Flavie cartonnait sur TF1, je battais des records sur M6. Notre couple glamour faisait les délices des médias. Notre vie privée, plus ou moins mise en scène, s'affichait en couverture de *Voici* et de *Paris Match*. Nos moindres faits et gestes étaient racontés, commentés, décortiqués. Nous devenions les personnages d'une saga dont les épisodes s'enchaînaient aux devantures des kiosques.

Puis le vent a tourné brutalement, renversant ce décor qui n'avait plus grand-chose à voir avec la réalité. Flavie et moi divorcions.

Aussitôt, les médias ont entonné l'air de la calomnie. Fini le couple d'amoureux glamoureux ! En moins de temps qu'il n'en faut pour lire un numéro de *Gala*, notre *dream team* s'est transformée en *nightmare team*. Notre vie de rêve tournait au cauchemar. Les procureurs étaient partout, multipliant à mon encontre les procès pour mauvaise conduite. Une irritante odeur de fagot nous montait aux narines. Les amis? Quels amis? Les mêmes qui, quelques semaines auparavant, partageaient mon bateau pour des vacances que j'étais heureux de leur offrir, me reprochaient désormais d'avoir été négligent. Pendant qu'on dressait le bûcher, ils tendaient les allumettes. Ils en étaient là. Nous en étions là. J'en étais là.

L'élément déclencheur fut mon transfert à TF1. Étienne Mougeotte m'avait dit: « Quand on quitte la chaîne, c'est pour toujours. » Mais – et Pierre Dac ne me contredira pas – rien n'est moins sûr que l'incertain. Que me proposait la direction? D'animer des *prime time* et des soirées spéciales. Je rejoignais Flavie sur la chaîne dont elle était la vedette. « Tubes d'un jour, tubes de toujours », « Vis ma vie », « Stars à domicile », « Saga » : tous ces programmes à succès, c'était elle! Je n'ai pas vu, ou pas voulu voir, que ce changement important dans ma carrière allait déstabiliser notre couple. Flavie et moi devenions des rivaux, à distance idéale pour nous épier l'un l'autre. Dans ce métier d'ego, la concurrence sévit jusqu'à l'intérieur des couples. Je l'ai appris à mes dépens.

Pour bien envenimer la situation, TF1 avait imaginé de nous faire animer un programme ensemble. Les chaînes, alors, aimaient bien promouvoir des binômes « à la vie comme à l'écran ». C'était le type même de la fausse bonne idée. À la différence d'une scène de théâtre, le petit écran ne se partage pas. Avoir les meilleures idées, être le premier à les formuler, se tirer la bourre en permanence :

difficile de concilier ce climat de compétition professionnelle avec une vie de couple harmonieuse. Résultat : nous passions notre temps à nous disputer la couverture. Inévitablement, elle a fini par craquer. La rivalité a terni et banalisé l'image de notre couple soudé, qui s'est mis à prendre l'eau. On se regardait en chiens de faïence et ça commençait à se voir. Flavie et moi n'étions d'ailleurs pas les seuls dans ce cas. Laurence Ferrari et Thomas Hugues, qui présentaient ensemble «Sept à Huit», y ont également laissé des plumes. Ils se sont séparés en octobre 2007, un an après le départ de Thomas de TF1.

Les plus grands ne sont pas épargnés par le «syndrome de la tête d'affiche». Je tiens de ma mère le récit de l'une des plus belles consécrations d'Yves Montand, le 8 septembre 1982 au Metropolitan Opera de New York. Pour la première fois, cette salle mythique ouvrait ses portes à un artiste de variétés. Instant sublime, foule des très grands jours : après des années d'absence, Montand remontait sur scène. Sa performance fut à la hauteur de l'attente : exceptionnelle. Ce soir-là, peu de temps avant le début du récital, ma grand-mère est entrée dans la salle sous les ovations du public. J'ai appris bien plus tard que ces applaudissements interminables avaient blessé Montand dans son orgueil d'artiste. Sciemment ou non, Simone Signoret lui avait marché sur les pieds.

On a tous en tête l'image d'un couple idéal auquel on rêve de ressembler. Ma référence, c'était celui que formaient ma grand-mère et Montand. Je me suis toujours plu, présomptueusement, à comparer mon couple au leur. Sur l'escalier de la gloire, nous n'occupions pas la même marche, loin s'en faut. Le petit écran ne sera jamais Hollywood. Mais nous existions dans les yeux et les cœurs de millions de Français. Nous étions Flavie et Benji. Des amoureux transis, à la vie comme à la scène. Jusqu'à ce que le petit écran nous oppose. Nous ne pouvions pas être deux à prendre la même lumière. L'un de nous était de trop. Manifestement, c'était moi.

Alors voilà, Flavie m'a quitté. Moi, je me refusais à voir la réalité en face. Politique de l'autruche? Espoir d'un arrangement inespéré? Naïveté de croire qu'une femme trompée est toujours prête à pardonner? Je ne sais. Je ne voulais pas savoir. Je n'avais que trois mots en tête: succès, pression, envie. Toujours plus, encore et encore. Je voulais plaire. Susciter le désir. En moi, sans doute, l'ambition inconsciente de modeler ma vie amoureuse sur celle des stars, le souhait quasi morbide de vivre une tragédie à l'antique, pleine de bruit, de fureur et de déchirements, mais une vie mémorable qui rejoindrait la légende.

Mais patatras, Flavie est partie du jour au lendemain. À l'époque, je travaillais sur RTL2, où je tenais les rênes de la matinale. Je rentrais tout juste de la radio. Il était encore tôt quand j'ai traîné mes pantoufles dans la cuisine pour y absorber le café salvateur, le *starter*, celui qui vous permet de carburer pied au plancher, le petit noir serré indispensable à ma bonne forme quotidienne. Sylvette, la nurse de notre fils Enzo, était toute pâle dans sa chemise verte à rayures. Pourquoi ce teint livide? Mal dormi? Je n'arrivais pas à quitter son visage des yeux. Soudain, un texto sur mon portable. Message de Flavie: «Mes jambes ne me portent plus, je sais que tu prendras soin d'Enzo.» Un message froid, plus ou moins clair, mais direct. Elle n'était plus là.

La présence de Sylvette était indispensable à Enzo. Un peu comme une grand-mère de substitution. Si je n'ai pas flanché, c'est aussi grâce à elle. Elle a toujours su que j'étais un bon père. J'aurais pu sombrer dans le délire paranoïaque. Sylvette m'en a empêché. C'est pourtant ce qui arrive quand une partie de votre entourage vous tourne le dos d'un jour à l'autre, laissant place aux accusations les plus blessantes. Elles se sont mises à me tomber dessus comme une volée de flèches.

J'ai dû lutter pour me protéger, à ma façon. J'ai voulu un nouvel appartement, mais pas changer mes habitudes. Histoire de préserver les apparences, je conservais le personnel de maison. Je n'en avais plus besoin, mais ce luxe me réconfortait. Je n'avais tout simplement pas le droit de perdre la maîtrise de ma vie. Ma femme m'avait plaqué, je sentais bien que la roue tournait. De toutes mes forces, je tâchais de ralentir ma chute.

De son côté, Flavie s'était enfuie avec un autre. Elle n'avait pas seulement tourné la page, elle l'avait brûlée. De notre passé, ne restait qu'un petit tas de cendres. Elle avait fait une croix sur notre vie, n'épargnant, bien sûr, que notre fils: Enzo.

Je puis bien dire qu'elle m'a haï. Que de bile répandue! Rien que de bien compréhensible et, somme toute, pardonnable. Mais pourquoi les mensonges? Pourquoi récrire notre histoire? Si encore elle était restée seule à s'adonner à ce révisionnisme conjugal. Mais il faut croire que ça ne suffisait pas. Même son frère que j'avais aidé et hébergé, auquel j'avais trouvé un job, témoignait contre moi. Il écrivit au juge des lettres qui m'accablaient. Flavie, de son côté, collectait les témoignages à charge et les fausses déclarations de nounous. Jusqu'où irait-elle? Pourquoi tant de coups de poignard? Posez-lui la question. Quand je mesure quelle souffrance était la mienne, j'imagine aisément que c'était une façon pour elle de se protéger et de se reconstruire.

Quant à moi, je taillais ma route dans une forêt de mensonges, d'accusations intempestives et de trahisons. Aurais-je dû passer mon temps à twitter pour démentir les horreurs sans nombre qu'une certaine presse débitait sur mon compte? Je suis plutôt grande gueule et franc du collier, ce qui fait que les gens ont de moi une image plus colorée que je ne suis en réalité. La médiatisation excessive est une loupe grossissante. Il faut savoir s'en protéger car, pour peu que le soleil brille, c'est ainsi qu'on met le feu aux broussailles...

À l'heure du bilan, je dirais qu'au moment de mon divorce je n'ai pas su m'entourer des bonnes personnes. Une cour s'était formée autour de moi, qui me mangeait dans la main. D'un côté, ceux qui profitaient de mes largesses. De l'autre, les béni-oui-oui, toujours d'accord avec moi. Intrigants et courtisans : tout pour endormir la vigilance et l'esprit critique. Tout ce petit monde me rassurait, me caressait dans le sens du poil et buvait mes paroles. Je ne leur jette pas toutes les pierres. Après tout, j'étais bien un peu responsable du guêpier où je m'étais fourré. Il faut bien se remettre en question. J'avoue que j'ai tardé à le faire. Toute contradiction m'était insupportable. Cela n'aide pas à voir clair.

Plus je sentais ma vie m'échapper, plus je me cramponnais au superflu. C'était ma bouée de sauvetage, presque une règle de vie. Ne rien lâcher. Cuisinier, chauffeur, garde du corps : j'étais un assisté. J'avais perdu tout ce qui structurait mon monde. J'avais besoin de compenser, de m'évader. Au risque de m'effondrer totalement. J'ai eu la chance, sur cette pente glissante, de ne pas connaître la déchéance physique. L'alcool, la drogue, ces saloperies ? Même si j'ai parfois franchi la ligne blanche, je ne suis jamais tombé dans ces excès. Je n'avais qu'une obsession : garder le cap. À mon écoute, coûte que coûte !

10

Benji la poisse

4 juillet 2008. Mon divorce avec Flavie est derrière moi. Pas trop tôt. Professionnellement, tout va pour le mieux. Sur TF1, j'ai la chance d'animer plusieurs émissions à succès: «1 contre 100», «Secret Story», les «NRJ Music Awards». On a vu pire. Sur le plan personnel aussi, l'avarie est colmatée. Mon cœur repasse la ligne de flottaison. Je suis heureux avec Vanessa, nous voguons vers l'horizon radieux.

Quand tous les voyants sont au vert, c'est bien connu, les propositions affluent, comme attirées par un aimant. C'est le moment que choisit un très gros groupe de médias pour se rapprocher de moi. Leur proposition tient en un mot: m'acheter. Le groupe est connu, en vue. Il est puissant dans le secteur de l'audiovisuel. Je ne réfléchis pas trois cents ans. Je sais que je vais perdre une partie de mon indépendance. Mais la somme qu'ils mettent sur la table est coquette. Trop pour que je me permette de refuser.

Cette nouvelle donne implique des changements dans mon mode de fonctionnement et de gestion au quotidien. Désormais, tous les flux financiers qui me revenaient seront encaissés par cette boîte. Peut-être naïf, je néglige de m'inquiéter. Pourquoi paniquer? Je ne suis plus un petit garçon. Aujourd'hui, on me respecte. On ne vole plus Benji au coin du bois! D'ailleurs, mon niveau de vie reste inchangé. Même si mes revenus sont plus minces. Car me voilà salarié. En signant un CDI, j'ai choisi la sécurité. On en a parfois besoin. Pour souffler. Voir venir. Sauf que je n'ai rien vu. Aveuglé par mon aura. J'aurais dû être plus vigilant. Mettre un frein à mes folies. Adapter mes dépenses à mes nouveaux moyens. Facile à dire, après-coup. Sans le savoir, je venais de signer le début de ma fin. J'allais droit dans le mur. Et tête baissée, encore.

Mes premières déconvenues financières n'ont pas tardé. Les impôts que je devais étaient calculés sur mes revenus de l'année précédente. Jusque-là, rien que de très normal. Mais, cette année-là, j'ai manqué tomber à la renverse en voyant le montant que me réclamait le fisc. Il était astronomique. Et pour cause: il ne correspondait pas à mon «modeste» salaire, mais à mes rentrées d'argent de l'année écoulée. Autant dire de mon lointain passé… Timidement, je commençais à entrevoir les difficultés qui m'attendaient l'arme au pied. Pour autant, je n'avais aucune envie de bouleverser mon existence. Alors j'ai choisi la solution la plus simple, la plus lâche aussi: la tête dans le sable. Comme disait Joseph Joubert: «Je ne veux ni d'un esprit sans lumière, ni d'un esprit sans bandeau. Il faut savoir bravement s'aveugler pour le bonheur de la vie. » On voit bien que cet homme-là n'a jamais eu affaire au fisc ! N'ayant jamais connu jusque-là le moindre souci financier, je ne voyais aucune raison particulière de me faire du souci. L'argent n'a pas d'importance, pourvu qu'on en ait. Fort de ce bel adage, je n'ai rien freiné. Rien ménagé. J'ai même appuyé sur l'accélérateur. Dépenser tant qu'il en est encore temps !

J'ai commencé par acheter une maison pour y poser le socle de ma famille. Un lieu de retrouvailles, à l'image du « château » de Montand et de ma grand-mère. Puis, en 2010, je me lance dans de grands travaux de rénovation. La maison avait besoin d'être rafraîchie. Les quelques retouches de peinture initialement prévues se transforment en une réfection grandiose. Je ne vais quand même pas me contenter du minimum ! Comme disait Churchill : « Je ne suis pas difficile, je me contente de ce qu'il y a de meilleur. » Bref, je veux du grand, du spacieux, de l'étonnant, du pratique. Du Castaldi. Tous mes proches, sollicités, se montrent prodigues de bons conseils. On n'est jamais avare de l'argent d'autrui. Si bien que, peu à peu, la maison de mes rêves prend forme : piscine, tennis, salle de sport, salle de cinéma… Rien ne manque à mon bonheur. Certains ont dit que j'avais perdu la raison. Mais après coup. Seule victime collatérale de ma folie, un ami très proche : mon porte-monnaie, mortellement blessé par le feu ennemi. Car ces travaux m'avaient coûté une fortune. Une fois encore, je courais après mon passé. Je cherchais le fantôme d'Autheuil. Mais n'est pas Montand qui veut.

La facture ultra-salée de cette rénovation accéléra ma descente aux enfers. Elle s'emballa comme jamais. Elle avait tout simplement doublé, alors que nombre de devis n'avaient pas été signés. Je n'avais tout simplement pas de quoi payer les fournisseurs. À mon insolvabilité s'ajoutait soudain une autre épine, et une grosse : la fin de mon contrat d'exclusivité avec TF1. Les emmerdes, on le sait, volent en escadrille. Pour moi, ce fut carrément la patrouille de France. La chaîne avait décidé de rompre à l'amiable le contrat qui me liait à elle depuis des années. À la guerre comme à la guerre : je pouvais comprendre la politique de Nonce Paolini, le directeur de la chaîne, même si elle ne jouait pas en ma faveur. Toujours est-il que la situation se compliquait sérieusement. En renonçant à mon exclusivité avec TF1, je perdais une contrepartie financière importante, au moment le plus critique.

Ensuite, tout s'accélère. Les entreprises auxquelles je dois de l'argent sont à mes trousses. Mes revenus ne suffisent plus à renflouer mon compte et mon salaire me paraît soudain ridicule. Je ne peux plus honorer mes dettes. Et les banques, sans état d'âme, resserrent le robinet. Ce n'est pas nouveau : elles ne vous prêtent de parapluie qu'en cas de beau temps.

Dans mon malheur, un réconfort. J'ai des amis qui m'aident. Ils me permettent de m'acquitter d'une partie de mes dettes. À ce moment-là, j'ai encore la possibilité de réagir et de stopper l'hémorragie. Mais c'est plus fort que moi. Je vis dans l'illusion saugrenue, et savamment entretenue, que rien ne peut m'arriver. Tel le roi Mithridate, je me crois immunisé contre la poisse par les quantités d'emmerdes dont je suis sorti indemne. Plus la mer est mauvaise, plus je me pense insubmersible. La vie me jette son gant ? À moi de le relever. Un guerrier ne saute pas de cheval au milieu du gué.

Pendant une année, j'ai continué à foncer, toutes œillères rabattues. Surtout, ne pas regarder les bas-côtés de la vie. Seulement l'horizon chimérique. Mon horizon. L'habitude étant prise, je continuais d'emprunter de l'argent à droite, à gauche, que je promettais de rendre sous quinze jours. Mais j'étais coincé. Ma parole n'avait plus de poids. Ma langue fourchait. Aux yeux de beaucoup, je commençais à passer pour un garçon malhonnête. Un plaisantin. Jusqu'au jour fatidique où, enfin, je crevai le décor : fiché à la Banque de France. Interdit de chéquier et de carte de crédit, comme un petit malfaiteur. Le coup de massue.

Tous mes amis avaient déjà été mis à contribution. Ma mère, une fois de trop, avait encore mis la main à la poche. Je ne pouvais décemment plus les appeler à l'aide. Le spectre de la faillite personnelle frappait à ma porte. Sans aucun soutien financier, j'étais pour ainsi dire à la rue. Au fond du trou. Et pourtant, je devais continuer à donner le change. Sourire et faire des claquettes. Car je continuais d'animer « Secret Story » en quotidienne. J'avais cette dernière chance de pouvoir encore travailler, d'avoir cette ressource.

En guise de baroud d'honneur, je décidai de quitter mon actionnaire, afin de récupérer ma liberté et une certaine autonomie financière. Mais le mal était fait. Salarié d'une grosse boîte ou mon propre patron, le train de mes déboires allait trop vite. Tôt ou tard, il me passerait sur le corps...

Entre 2008 et 2011, professionnellement, je bois la tasse. Serait-ce la traversée du désert? Je tâche de me convaincre que c'est une mauvaise passe, rien qu'une mauvaise passe. Mais enfin, j'ai beaucoup moins d'émissions à piloter. «Qui peut battre Benjamin Castaldi?», «Qui peut battre Philippe Lucas?»: rien de très marquant. Et puis, très vite, je me retrouve à n'animer que «Secret Story». La pitance, bien que substantielle, est trop maigre pour me nourrir, au fond du trou que j'ai moi-même creusé.

Le rythme de ma déchéance intime s'accélère encore. Je ne reçois plus que des lettres recommandées et des mails de relance. Ma boîte vocale est saturée. On ne me parle que de dettes, d'agios, d'échéances. Début de panique. Mais que faire quand on n'a plus un sou? Comment sortir la tête de l'eau quand on a des boulets aux pieds? J'en deviens fou.

Cerise amère sur ce gâteau de honte: les huissiers se succèdent à ma porte pour, l'un après l'autre, confisquer mes biens. Tous mes rêves de petit garçon sont passés par les armes. Un huissier par jour, un procès par jour. La chute est d'autant plus rude que je tombe de haut. Mes voitures sont embarquées dans des camions. Bientôt, j'en suis réduit à vendre les rares biens qui me restent. Je cède une montre, puis deux. Puis tout ce que je possède. En attendant l'ouverture de mon dossier, c'est à peu près tout ce que je peux faire pour me procurer du cash.

Vient ensuite le moment délicat, humiliant, de demander à ma femme, Vanessa, de vendre ses bijoux. Elle se sépare d'un, puis de deux colliers. Ce n'est pas assez. En dernière extrémité, je finis par lui réclamer sa bague de fiançailles. Ainsi disparaissent les symboles d'une vie, fondus pour battre la monnaie du déshonneur. Rien ne m'appartient plus. Ma vie me file entre les doigts. Les huissiers, telles des hyènes affamées, se disputent les reliefs de ma splendeur. Non, c'est injuste : certains m'ont aidé, épaulé, conseillé. Ils m'ont permis de tenir. Quelques-uns, d'une belle humanité, sont même devenus mes amis. Tout arrive.

J'ai toujours eu peur de la chute. Cette fois, je suis à terre. Jadis, si je me souviens bien, ma vie était un festin où s'ouvraient tous les cœurs, où tous les vins coulaient. Et puis j'ai rencontré la honte. Et je l'ai trouvée amère. Et je l'ai injuriée. Mais elle ne me lâche plus, tel un chien de malheur. La plupart des gens sont persuadés que je cache des lingots sous mon matelas, que je simule mon insolvabilité. Quand je raconte que je n'ai plus rien à moi, personne ne veut me croire. Pas lui, pas Benji ! J'ai beau expliquer, me justifier, rien n'y fait. On se moque de moi, on me rit au nez. Il n'y a pourtant qu'une chose que je simule : mon bien-être. Je suis au plus bas, mais je dois continuer à donner le change. Sourire, c'est mon métier. Ça, je sais encore faire.

Dans ma déveine, j'ai encore la chance d'être entouré. De moins en moins, à mesure que les pique-assiette, n'ayant plus rien à picorer, rivalisent de tartufferie. Les mêmes qui me témoignaient le plus grand intérêt, qui débarquaient à la maison pour s'inviter à ma table ou emprunter mes voitures, y vont aujourd'hui de leur mesquine leçon de morale, de leur petite phrase assassine :

— Il fallait t'y attendre, Benjamin... Regarde comment tu vivais ! Ça ne pouvait durer éternellement...

J'ai toujours aimé l'argent. Je ne l'ai jamais caché. Il représente pour moi la liberté. Mais cet argent, j'aimais avant tout le partager. Que mes proches puissent en profiter. On peut m'accuser de presque tout. J'ai les épaules solides. J'assume. Mais je ne me laisserai pas sangler dans le costume du pingre. J'affirme que j'ai toujours été généreux et que je n'ai pas changé. Profitez-en ! Mais n'en abusez pas.

Cette débâcle, je l'ai cherchée. La cause est entendue. Et pourtant, un point me chiffonne. Afin d'en avoir le cœur net, je rouvre mes dossiers d'investissement immobilier. Plus de dix ans auparavant, j'ai acquis deux biens dont je me suis trop longtemps désintéressé, accaparé que j'étais par ma carrière. Énorme surprise. Je m'aperçois que l'un de ces biens, désigné comme ensemble de bureaux au moment de la vente, s'est transformé comme par magie en résidence hôtelière et cumule six années de loyers impayés. Une manne inespérée ! Quant à l'autre bien, il ne vaut plus que le tiers de ce qu'il m'avait coûté. Que s'est-il passé ?

Après la surprise, la bataille. Je veux comprendre. Des amis avocats – il m'en reste – acceptent de m'aider. Leur diagnostic est unanime : je suis victime d'une escroquerie pure et simple. L'affaire les intéresse. Ils sont prêts à ferrailler sans me prendre d'honoraires. Encore heureux : leur frais seraient au-dessus de mes moyens. Faux en écriture, usurpation de personne, j'en passe et des plus blettes... Bref, mon affaire sent le pourri. Face à moi : un homme d'affaires véreux, une banque complice et un notaire arrangeant. Une brochette de fripouilles. Tous me doivent réparation.

Ma vie était un mélodrame, la voilà qui tourne au mauvais polar. Tout fout le camp à la fois. Les coups du sort et les coups de Trafalgar s'accumulent. Ce n'est plus une chute, c'est une désintégration. Histoire d'ajouter une touche lugubre au tableau, le cheval de ma femme meurt d'une colique soudaine, alors qu'il était en parfaite santé. Vanessa, qui l'adorait, en est profondément meurtrie. Pour ne rien arranger, deux de mes terre-neuve le rejoignent dans la tombe. La tentation de baisser les bras est forte, très forte. Il faudrait un miracle pour ne pas jeter l'éponge.

Et ce miracle se produit, en 2012. Petit, mais pile au bon moment. Je découvre un jeu canadien : « Ne perds pas la carte. » Je décide alors, avec le créateur Tom Lapointe, de tenter de le développer aux États-Unis. Il s'agit d'adapter le format pour la télé, de créer une application iPad, de tourner un pilote et de le présenter au Mipcom. Un boulot de titan ! Suffisamment échaudé, je joue la carte de la transparence, ne cachant rien à mon interlocuteur de ma situation. Ça n'a pas l'air de le refroidir. Au contraire. Il a besoin de moi, de mon expérience.

Il me donne ma chance et finance la totalité de mes frais. En contrepartie, il ne me verse aucun salaire. Aux abois, j'accepte.

Et me voilà reparti pour Los Angeles. J'ai l'impression de me retrouver quinze ans en arrière, l'expérience en plus. Je fais des allers-retours tous les quinze jours, naviguant entre les paillettes américaines et la poussière parisienne. Un grand écart épuisant qui me permet, vaille que vaille, de faire face à mes ennuis. Car ils n'ont pas disparu par enchantement. À L.A., je m'investis à fond dans ce projet de jeu télévisé. De jour en jour, je renoue avec la passion. C'est un défi comme je les aime, la chance de me relever. Surtout, ne pas m'emballer. Ça ne risque pas: tous les jours, les huissiers me laissent des mots doux sur mon portable. Le décalage horaire fait office de pansement: il apaise la douleur de ces plaies qui refusent de se refermer. Le producteur, de son côté, reçoit des mêmes huissiers de tendres avis à tiers détenteur. Leur objectif est clair: me maintenir la tête sous l'eau. Ils m'étouffent, ils veulent ma peau. Comment justifier, à leurs yeux, que je ne sois pas salarié? La tentation de tout laisser tomber me démange plus d'une fois. Envie de disparaître, de fuir à jamais. Mais je n'en ai pas le droit. Je dois penser à mes enfants. À ma femme. Mes garde-fous.

Ma vie aux States, contrairement à ce que certains ont pensé, n'était ni une fuite, ni une manière de me refaire. Je n'ai toujours pas un rond en poche. Je réussis, malgré tout, à faire venir mes trois enfants en classe éco. Un petit exploit dont je suis fier. Peu de temps avant leur venue, je reçois un message de mon fils, qui me demande l'adresse de notre maison. Je suis alors logé par le producteur du jeu, dans une villa sur les hauteurs de Hollywood.

Au même moment, mon ex-épouse Valérie m'assigne au tribunal pour abandon de famille. C'est un fait : je ne peux plus payer les pensions alimentaires. Ne suis-je pas tombé assez bas ? Faut-il m'enfoncer un peu plus ? Valérie le pense. Ni une ni deux, me voilà condamnable, sur le banc des mauvais pères. Cela manquait à mon CV. Mais cette infamie-là, j'ai du mal à l'accepter. Peine perdue : Valérie ne croit pas à mes jérémiades, et le tribunal non plus. Pour eux, la messe est dite : je suis un fin menteur, un arnaqueur qui cache un magot sous son matelas. Dans le même temps, ruiné, je tente en vain de faire baisser la pension alimentaire que je verse à Flavie. Je ne devinais pas ce qui m'attendait. Mes deux ex-femmes, désormais, allaient conjointement s'acharner sur moi.

Dans le dossier à charge monté par Flavie, agrémenté d'une liste d'accusations diverses et variées, figure même un plan capturé sur Google Maps, avec la localisation de mon logis à L.A. Questions induites : comment puis-je habiter une telle résidence et refuser d'honorer le montant de la pension ? Comment puis-je offrir un nouveau dressing à mon fils, alors que je prétends n'avoir plus un sou vaillant ? Enfin, par quel miracle puis-je assumer financièrement les visites régulières de ma femme à L.A. ?

Pour finir, le pompon. Entre autres dégueulasseries, l'avocat de Valérie exige une expertise psychologique ! Elle permettrait de déterminer dans quelle mesure je suis ou non responsable de mes actes. J'apprends, à cette occasion, que je souffre d'une maladie rare mais pas incurable : la «prodigalité». Les bras m'en tombent. Prodige, je veux bien ; prodigue, sûrement pas. Ce distinguo n'arrache aucun sourire à mes tourmenteurs. Je parviens, facilement, à justifier l'achat de trois T-shirts Abercombie à mon fils. Je détaille également les conditions m'ayant permis d'emménager dans une villa de L.A. Mais je conteste avoir fait venir Vanessa. Dieu sait pourtant que j'aurais aimé qu'elle me rejoigne ! Hélas, c'était tout simplement impossible. Comment aurais-je pu lui payer le billet ? On ne me croit toujours pas. L'avocat de la partie adverse invoque, de manière assez confuse, un tour de passe-passe à la douane, grâce auquel le passeport de Vanessa n'aurait pas été tamponné. En bref, j'aurais filouté, une fois de plus. Je veux bien qu'on me prête tous les talents, mais celui de prestidigitateur, désolé, je ne l'ai pas ! Qui connaît la douane américaine ne peut croire une seconde à ce scénario digne d'un film d'espionnage à la *Johnny English* ! Mais j'y songe, m'auraient-ils confondu avec Rowan Atkinson ? Je commence à m'interroger... Hélas, rien n'y fait. J'ai l'impression de m'expliquer avec un mur. Très frustrant. Et très usant de devoir sans cesse me justifier de tout, sous les quolibets.

Rien de pire, à mes yeux, qu'une fausse accusation. Ne pas être entendu, quand on dit la vérité : ce sentiment d'injustice, je le traîne depuis longtemps. Tout gosse, déjà, j'avais une réputation de kleptomane. Je n'ai jamais compris pourquoi. Comme la plupart des enfants, il m'est sans doute arrivé de piquer de petites choses ici ou là. Jamais rien d'important.

Un souvenir. De retour d'un week-end chez ma tante, week-end que j'avais passé à jouer avec mes cousines, ma mère reçoit un coup de téléphone. Ma tante lui apprend, très gênée, que 50 francs ont disparu de la tirelire d'une de ses filles. Elle est persuadée que je suis le coupable de ce larcin. Ni une ni deux, ma mère me convoque pour un interrogatoire interminable. Je suis mis sur le gril. Pas menotté, mais presque. Une maman, toutefois, connaît son fils. La mienne se convainc rapidement de mon innocence.

Quinze jours plus tard, rebelote. On m'accuse cette fois d'avoir fouillé dans le porte-monnaie de Mamie Oiseau et de lui avoir dérobé 50 francs. Ma grand-mère, moins indulgente que ma tante, se déclare trahie par son propre petit-fils et tranche dans le vif : elle ne veut plus me voir. Pendant trois années, plus un seul contact entre nous. Trois années de silence, jusqu'au jour où ma quarantaine prend fin : je suis invité à déjeuner chez elle, comme avant. Pourquoi ce retour en grâce ? Je ne sais qu'une chose : mon bonheur se mâtine d'un sentiment bizarre. Mamie Oiseau a changé. Je l'observe discrètement. Ses cheveux sont curieusement agencés. Je ne reconnais pas sa coiffure. Ça y est, je comprends : ce ne sont pas les siens. Ma grand-mère porte une perruque. Par coquetterie ? Pas son genre. C'est donc qu'elle est malade. Elle s'aperçoit de ma surprise, remarque mon regard. D'une voix qui se veut rassurante, mais dont la maladresse me cloue, je l'entends alors me dire très doucement :

— C'est aussi ça, le cancer...

Trois semaines plus tard, Mamie Oiseau s'est envolée. Sa disparition m'a ravagé. Pendant des années, elle m'avait manqué. Je n'avais pourtant rien fait de mal.

Comment faire l'impasse sur ces émotions-là ? Comment me pardonner le temps que j'ai stupidement perdu ? Un temps que j'aurais pu passer auprès d'elle. Un temps, surtout, qu'une injustice m'a enlevé, nous a enlevé. Je n'ai jamais volé d'argent, ni celui de Mamie Oiseau, ni celui de mes cousines. Il aurait suffi, comme souvent, que l'on veuille bien me croire. Tout simplement.

Oui, je suis coupable. Coupable de négligence et d'attention. De prendre parfois de mauvaises décisions. Qui veut, le regard fier, me jeter la première pierre ? Coupable d'être endetté, oui. De ne pas avoir réagi assez rapidement. Coupable d'inconscience. Mais coupable de tricher, ça, jamais. J'ai cru que je pourrais sortir vainqueur d'une bataille mal engagée. Je me trompais. Sur toute la ligne. Pour la première fois de ma vie, j'allais perdre, et perdre gros.

À ce moment de mon existence, que me reste-t-il ? Aux yeux de beaucoup, je suis un homme mort. Infréquentable, en tout cas. Quand la mauvaise piquette remplace le Krug «Grande Cuvée», les convives se font rares à la table d'Amphitryon. Seuls les médias ne me lâchent pas. À leur façon.

Pour la presse people, je reste un bon client. Potins et *gossips* continuent de faire la une, mais j'aurais tort de m'en plaindre : ils me permettent d'exister.

À la même époque, je rencontre Fred Mompo. Un coach de vie. Un ami, désormais. Il décide de me prendre en main, commence par souligner mes atouts : ma gueule, mon physique, ma santé. Dans mon métier, insiste-t-il, le paraître est une assurance-vie. Il me requinque à grand renfort de méthode Coué :

— Tu es un roc, Benjamin, une machine de guerre ! Fais sentir à ton interlocuteur que tu es une barre de fer, inflexible, indestructible. Il faut, quand ils te voient, que les gens se disent : ce mec va bien, ce mec est solide.

Ce paradoxe, je le connais bien. Fred me demande de l'accentuer. Je me mets donc à soigner ma forme. Certains n'y voient qu'une autre façon de donner le change, comme je l'ai toujours fait. Je suis un menteur, un bluffeur, un tricheur, qui se comporte dans la vie comme au casino. Benjamin Castaldi ? De l'esbroufe. Un pur produit de la gonflette, voilà tout !

À tous ceux-là, je réponds : Fred m'a sauvé la vie. Les regards malveillants, je m'en fiche. Sans lui, sans sa présence continue à mes côtés, l'accident du 23 juin 2012 n'aurait pas connu la même issue. Sans un entraînement sportif intensif, je ne serais pas sorti vivant de mes quatre-vingt-quatre mètres de roulé-boulé.

Je n'ai jamais baigné dans la spiritualité. Mais je suis désormais à l'écoute de mon corps. Ma carapace. Je travaille pour la fortifier. Afin qu'elle me protège, aussi bien des coups physiques que des blessures psychologiques. J'aurai au moins appris ça.

11

Au fond de la piscine

Fin décembre 2014. Ma maison près de Rambouillet ne m'appartient plus. Les enfants sont venus pour le dernier week-end. En fin de journée, ils repartent en voiture. Le visage collé à la vitre, ils tentent d'emporter un souvenir, de photographier ce qui fut leur havre de paix et de tranquillité. Mon cœur est déchiré. Des larmes coulent sur leurs joues. Sur les miennes. De honte. J'ai honte de moi. Chaque larme me remplit de culpabilité.

Clap de fin ? Pas encore.

Tout d'abord, qui dit show-business ne dit pas nécessairement dépression. Elle existe dans tous les milieux socioprofessionnels avec la même intensité. Le mot *burn out* a fait une entrée fracassante dans notre vocabulaire. Mais il ne me convient pas. Si je devais nommer le mal ? La solitude. C'est elle qui m'a désarçonné, qui m'a fait mordre la poussière. Chute d'autant plus lourde que lestée de célébrité. Vous n'étiez jamais seul ; vous l'êtes en permanence. Ce changement de régime est fatal.

J'ai dû me rendre à l'évidence. Malgré huit mois de traversée houleuse, j'avais réussi à ne pas chavirer. J'étais simplement tombé dans le schéma classique du dépressif. Je me réveillais avec des cachets et je me couchais avec d'autres cachets, censés annihiler l'effet excitant des premiers. Je passais mes journées, affalé dans mon canapé, à jouer à des jeux vidéo et à boire des bières. Sans but et sans envies. Vidé. Creusant ma tombe sans le savoir. Mon entourage avait peur. Je vacillais. Panique à bord du vaisseau Castaldi. Comment me sortir de là ?

Pourtant je n'avais pas cessé de travailler. Deux jours avant un tournage, je me souciais de mon état de santé physique et mental. Je me remettais à la Vittel. Je me reprenais en main, afin d'être aussi performant que possible. Je ne voulais surtout pas que mon passage à vide puisse avoir le moindre effet sur mes apparitions cathodiques. Une fois l'enregistrement terminé, pourtant, je retombais dans l'apathie et l'intempérance. Je jouais à la roulette, mais avec ma vie. Au risque de sombrer, d'être incapable d'assurer mes engagements. Et si je ne reprenais pas mes esprits à temps ? Si je perdais toute crédibilité professionnelle ? Eh bien, c'était la fin. Tout simplement inenvisageable. Il ne me restait plus que mon travail pour me prouver à moi-même que je valais encore quelques kopecks.

Au fond de moi, toutefois, je sentais une force. Mon instinct de survie. Comme une sirène d'incendie. Si je ne changeais rien à mon comportement, si je ne mettais pas fin, très vite, au nouveau mode de vie autodestructeur que j'avais paisiblement instauré, je ne ferais pas long feu. Dans le show-business, l'égocentrisme est exacerbé. Il nous façonne tous. Et cela vaut aussi pour les acteurs et les hommes politiques, qui sont faits du même bois inflammable. Le fait n'est plus à démontrer : la surexposition médiatique brûle les ailes. Elle est nocive aux novices.

J'avais aboli la frontière entre vie professionnelle et vie privée. Mon métier me permettait d'exister, puisque c'est lui qui me définissait. J'étais un être de fausseté. Aujourd'hui, j'ai trouvé d'autres repères. Garder la foi, tout en banalisant mon job. Je le considère comme un gagne-pain, une activité rémunératrice et non une fin en soi. Et vous savez quoi ? Je me sens mieux. Plus serein. Pas besoin d'être psychologue pour comprendre qu'un tel état d'esprit est beaucoup plus sain. Désormais, je me rends au boulot comme des tas de gens. Je ne suis plus escorté. Plus de chauffeur ni de garde du corps. J'ai trouvé mieux : c'est mon scooter, fidèle destrier, qui me porte ! Et mes chevilles sont plus légères.

Sur les gouffres de mes errements, Vanessa a toujours navigué à mes côtés. Elle a vécu avec moi plus de sales nuits que de jours fastes. Elle me connaissait par cœur. Elle m'a vu couler tout au fond de la piscine. Mais elle était là, toujours, pour me jeter une bouée lorsque je risquais de me noyer. Elle m'a tendu les bras. M'a poussé à réagir. Une situation très pénible pour elle. Un stress permanent. Toujours à guetter l'instant critique où, au bas de la pente, il était temps de me houspiller pour reprendre l'ascension.

Les enfants aussi sont de bons pare-feu. Les miens ont été ma plus belle motivation. Il fallait bien que j'assure mon rôle de père, d'adulte conscient et responsable. Les accompagner à l'école le matin, les chercher le soir : autant de balises de survie. Aucun rendez-vous n'avait plus d'importance que ceux-là, ils rythmaient la journée et m'empêchaient de perdre pied. Mes enfants avaient besoin de moi. J'avais besoin de mes enfants. Impossible de tout abandonner, de lâcher prise sur tous les fronts. Qui aurait payé les pots cassés ? Eux.

J'ai connu deux périodes creuses dans ma vie, deux épisodes authentiquement dépressifs. Mais dramatiquement rapprochés. Le premier, mon divorce avec Flavie. Puis le second, immédiatement consécutif, lié à mes ennuis financiers. Le naufrage de ma vie conjugale a sans doute été moins difficile à vivre. J'avais un boulot régulier. La réussite était au rendez-vous. Mon cœur, en revanche, était bien amoché. Il avait pris un sale coup. Idem pour ma fierté cabossée.

Ce coup-là, je ne l'avais pas vu venir. L'été, je travaillais sur «Secret Story». Le reste de l'année, sans me l'avouer, je déprimais. Ce n'était pas une déprime «classique», soignée aux antidépresseurs et à la *junk food*. Non, je pratiquais une dépression très «star system». Que voulez-vous, on ne se refait pas. Je passais donc mes journées en peignoir à refaire le monde avec des «amis» complaisants, qui profitaient négligemment de la situation, avec mon consentement et ma complicité. Quand la fatigue avançait ses pions, je faisais mes valises direction le soleil, histoire de me changer les idées. J'en avais les moyens. Pourquoi m'en serais-je privé ? Sous le vernis bien lisse des plaisirs faciles, pourtant, la souffrance restait tapie. Mais elle ne mordait pas encore, je l'avais bien dressée. Personne ne la soupçonnait. Ces douleurs-là ne se partagent pas.

Ma seconde chute fut plus rude. La catastrophe financière, le regard de Vanessa, celui de mes enfants, de mes proches. Le mien… J'avais l'impression de perdre les commandes de ma vie qui fonçait tel un avion fou vers une montagne d'emmerdes. Soudain, je perdais tout moyen d'assouvir mes caprices, d'assumer les excès grâce auxquels j'étouffais jusque-là mes frustrations. Confiné dans ma propre vie, sans possibilité d'évasion, avec vue sur un quotidien pourri à travers les barreaux.

Mon divorce, ultime banderille, a coïncidé avec le début de mes ennuis financiers. La boîte de Pandore était ouverte. Ma vie s'en échappait comme du pop-corn brûlé. Ce divorce a fait couler beaucoup d'encre. Dieu sait pourtant que je ne voulais pas l'étaler dans les journaux. Trop intime. Exhiber nos photos de vacances ou notre idylle, passe. Mais me sommer de m'exprimer sur notre rupture, ça non. Les médias ne sont pas des divans.

Par-delà la douleur de la séparation, j'ai eu du mal à avaler les mensonges de Flavie ; mais, aujourd'hui, je peux les comprendre et je lui pardonne. Elle a choisi de faire table rase de notre passé commun. C'est son droit, je n'en discute pas. Elle a tout effacé, tout voulu oublier. Mais il y a pire : elle aurait vécu, dit-elle, une vie qui n'était pas la sienne. Jamais, dans notre couple, elle ne se serait sentie à sa place. Qu'y puis-je ? J'appelle cela un déni conjugal. Indispensable à sa reconstruction, sans doute ; mais difficile à avaler. Des juges, des psychologues, des journalistes l'ont entendue prétendre qu'elle avait vécu toutes ces années sous la pression intellectuelle, physique et morale de votre serviteur. Libre à elle de tirer la chasse d'eau sur son passé de vedette pour brandir son extrait d'acte de naissance : des origines modestes, et alors ? Mais noircir à ce point ce qui fut notre vie commune, me caricaturer jusqu'à me rendre méconnaissable, je ne le digère pas. Entendre pareilles balivernes lorsqu'on a vécu quatre années d'amour sublime...

Boulot, vie privée, Flavie et moi étions sur la même longueur d'onde. Nous avons fait le tour du monde dans les plus belles conditions. Nous avons eu un enfant magnifique, Enzo. Notre union était digne d'une superproduction Disney. Pour notre mariage, elle avait voulu un conte de fées, une cérémonie grandiose : lubie typique d'une femme manipulée ou je ne m'y connais pas. Nous nous sommes donc mariés le 21 septembre 2002 à la mairie de Bougival, puis à Montfort-l'Amaury, au château de Groussay, classé « monument historique », propriété de mon ami le producteur Jean-Louis Remilleux. Plus de 30 hectares de jardins, un cadre somptueux. Tout le PAF était là, ainsi qu'une armée de célébrités. Les médias de tous bords avaient répondu à notre invitation. Nous avions vendu l'exclusivité des photos à certains titres. Les convives étaient aux anges. Pour l'occasion, deux drilles nommés Thomas Valentin et Étienne Mougeotte avaient répété une petite saynète qui parodiait et taquinait notre couple avec drôlerie. Trois cent cinquante invités, en notre honneur, chantaient à tue-tête. Flavie voulait du kitsch et de la flamboyance? Elle était servie. Pour dire «oui» à la femme que j'aimais plus que tout au monde, j'avais mis les petits plats dans les grands.

Évidemment, nous souhaitions nicher notre amour dans le cadre de vie le plus douillet. Une vie de rêve? Nous pouvions nous l'offrir. Nous avons donc acheté un appartement à Paris, rue de Prony, dans le XVIIe arrondissement. Plus de 200 mètres carrés de terrasse: trois fois rien, mais ces petits aspects matériels, comprenne qui veut, contribuaient à notre bonheur. Extase de la réussite, d'une réussite à deux, au sein d'un couple amoureux. Car nous l'étions follement. Nous entamions la construction de notre foyer. Flavie voulait une maison de campagne? Nous l'avons achetée, après une seule et unique visite. Une belle demeure normande, qui la rattachait à ses racines. Sa famille y est d'ailleurs venue. Savez-vous comment elle l'avait baptisée? «Le Paradis.» Et sa vie était un enfer? À d'autres.

Je n'ai jamais voulu entrer dans le jeu des contre-attestations, des répliques par médias interposés et des petites phrases perfides. J'aurais pu. Je ne dis pas que tout est la faute de Flavie. Loin de là. L'échec d'un couple se joue toujours à quatre mains. J'assume ma part de responsabilité. Je l'ai trompée, c'est vrai. Mais je n'ai pas renié notre bonheur. Jamais.

Le divorce prononcé, alors que mes ennuis financiers ne faisaient que commencer, Flavie a cru bon de m'enfoncer un peu plus. Comme elle a dû rester caution solidaire de certains de mes comptes et de quelques affaires immobilières, elle est passée à l'action. Cherchait-elle à éviter, elle aussi, d'être poursuivie par les banques? Je n'en sais rien. Toujours est-il qu'elle s'est efforcée de se désolidariser de moi. Cela peut se comprendre. Elle n'avait pas à supporter les conséquences de ma faillite. C'est à ce moment précis que je l'ai vue changer. Elle s'est inventé un nouveau personnage, qu'elle joue encore aujourd'hui. Celui de l'épouse maltraitée, sous l'emprise psychologique d'un mari pervers. Lors du procès qu'elle m'intenta, elle fit pleuvoir sur moi les preuves accablantes et les témoignages édifiants, comme on tire les atouts de sa manche. Je ne suis pas entré dans ce jeu truqué. Par pudeur, par respect pour Enzo et pour celle qui, malgré tout, reste la mère de notre fils.

Dans l'épreuve, et celle-là était sordide, il est vital de pouvoir s'appuyer sur un entourage solide et sincère, capable de vous assener les vérités telles qu'elles sont et non pas telles que nous souhaiterions qu'elles soient. Pendant toute cette période, j'ai pu compter sur Vanessa. Elle m'a soutenu. Nous étions amants, amoureux, mais surtout, je le crois, amis. Une histoire qui a duré huit ans. Dans le tourbillon de ma vie, elle a fait face avec bravoure. Mais, alors que tout partait en quenouille pour moi, qu'ai-je fait? J'ai quitté Vanessa. Mon passé, d'un coup, m'encombrait. Avais-je le droit, plus longtemps, de lui imposer cette existence grevée de soucis qui n'étaient pas les siens? Je ne me suis pas accroché à mon mariage. J'ai pris un autre chemin. On connaît la phrase de Pascal : « Le cœur a ses raisons que la raison ne connaît point. »

Des amis fidèles, combien en avais-je ? J'ai compté : quatre. Ils se reconnaîtront. Ces mousquetaires de l'amitié ignorent le copinage professionnel. La vie est ainsi faite qu'ils ne sont pas ceux que je vois le plus fréquemment. Mais je sais que je peux compter sur eux. Les « copains », eux, sont plus disponibles. Eux aussi sont là, présents, mais toujours sur une période donnée. Un jour vient où les chemins bifurquent. Le métier veut ça. Il crée des copinages intenses et éphémères. Des fusions qui se défont à la fin d'un projet commun.

Les dos qui se tournent, les amis qui changent de trottoir, je n'ai pas attendu mon divorce pour en faire l'expérience. Je l'avais vécu à la sortie de mon livre, *Maintenant, il faudra tout se dire*, en 2004. C'est peu dire qu'il fut mal compris. J'en étais partiellement responsable, évidemment. Si je devais le récrire aujourd'hui, je ferais l'impasse sur les sujets brûlants que je souhaitais, alors, exorciser en les révélant. La relation de ma mère et Montand leur appartient et je n'aurais jamais dû m'en mêler. Même si je pense que, au regard de la complexité des liens entre eux, ma mère avait besoin d'être aidée. Ce que j'ai voulu faire, m'y prenant sans doute mal. Je n'avais pas oublié que, au début de l'histoire d'amour de mes parents, mes grands-parents avaient rejeté mon père. Avec une certaine violence. Au point que, à ma naissance, ils lui ont fait comprendre que sa présence n'était pas nécessaire pour m'élever. Longtemps, je me suis interrogé : étais-je le fils d'Yves Montand ? J'ai posé la question à mon père, qui a éclaté de rire. Aujourd'hui, je n'ai plus aucun doute, je suis bien le fils de Jean-Pierre Castaldi. Notre ressemblance saute aux yeux. Pour le meilleur et pour le pire, bien sûr ! Un jour, pensant soulager ma mère, j'ai mis les pieds dans le plat. Avec une certaine maladresse. Ce qui arrive souvent quand on tourne autour d'un secret dont on ne sait pas tout. Mais je me sentais investi d'une mission. J'ai donc écrit ceci : « Montand n'avait pas toujours avec elle [ma mère] l'attitude que l'on attend d'un beau-père. » À cause de ces quelques lignes, mon témoignage d'amour filial est passé à la trappe au profit d'un scandale que je ne pensais pas provoquer. Je le regrette.

À sa sortie, les médias se sont jetés sur mon livre comme des carnassiers. Les « bonnes feuilles », dans *L'Express*, mirent le feu aux poudres. On me fit un procès en iconoclasme. Je portais atteinte au mythe. *Libération* titrait : « Castaldi démonte Montand. » Ce n'était pas mon but. Aujourd'hui encore, j'en parle avec amour. Je veux toujours lui ressembler. Je continue de courir après son image. Montand, il est vrai, n'en était pas à son premier pépin posthume. Six ans après sa mort, la justice avait ordonné l'exhumation de son corps, afin de déterminer par l'ADN ses prétendus liens de parenté avec Aurore Drossart.

Le scandale, on le sait, fait vendre. Mon bouquin s'écoulait chaque jour à cinq mille exemplaires.

Les médias, c'est de bonne guerre, avaient bien fait leur job. Par chance, les réseaux sociaux étaient encore balbutiants. Pas de Twitter pour débonder son fiel en cent quarante signes. Heureusement, car personne, à l'époque, n'a vraiment pris le temps de se pencher sur mon livre. On ne m'a pas compris parce qu'on ne m'a pas lu. Les mauvaises langues n'ont pas été touchées par ma déclaration d'amour à ma fille, parce qu'elles n'ont pas voulu le voir. J'ai très mal vécu ce déchaînement de mauvaise foi et d'insanité. C'est l'une des raisons, la principale peut-être, pour lesquelles, aujourd'hui, je reprends la plume.

Moins d'un an après la parution de mon premier livre, toutefois, j'ai eu la surprise de recevoir un pli du ministère de l'Intérieur, déposé par coursier. Il contenait une lettre dithyrambique d'un conseiller spécial auprès de Jean-François Copé, ministre délégué. Je n'ai pas oublié ses mots, si réconfortants : « Cher Monsieur, j'ai pris la peine de lire votre livre. Pourquoi tant de haine ? On vous fait un faux procès. »
Un peu d'air, enfin ! Après le tombereau de critiques négatives auxquelles j'avais eu droit, quand elles n'étaient pas injurieuses, une telle attention m'allait droit au cœur. Aussitôt, je remercie l'inconnu. En réponse, il m'invite à déjeuner au ministère de l'Intérieur. (Excellente table, soit dit en passant.) Quelques repas plus tard, nous voilà bons copains. À nous, la nuit parisienne et ses folies ! Au diable le Code de la route ! Vous rappelez-vous deux sales gosses remontant l'avenue des

Champs-Élysées à contresens, gyrophare sur le toit ? Eh bien, c'était nous.

Ce conseiller avait déjà la télévision dans le sang. Nos conversations tournaient souvent autour du petit écran. Quelques années plus tard, il s'est retrouvé catapulté à la direction de France Télévisions. Ça en a surpris plus d'un. Pas moi. À l'époque, j'étais producteur. L'occasion se présenta de conjuguer notre complicité au professionnel présent. Le groupe public se faisait des cheveux pour le concours de l'Eurovision. L'émission, en effet, ne se portait pas bien. Notre idée était la suivante : récupérer la production de la sélection française et mettre en place un télé-crochet pour dénicher les meilleurs candidats. Une société *ad hoc*, « De ville en ville production », est créée pour la cause. Je tenais cependant à rester dans la coulisse, préférant exposer mon associé. Dans l'euphorie du projet, je lui lance en rigolant :

— Si nous décrochons cette émission, tu es mon invité à New York pour une semaine. Voyage en première classe et logé au Four Seasons !

La production s'affine. Le projet est signé. Tout est en ordre. Et un matin, cet appel de mon agence de voyages habituelle :

— Bonjour, Benjamin. Vous êtes au courant qu'on est venu réclamer en votre nom des billets de première classe pour New York ?

J'ai failli tomber de mon siège. La situation ne manquait pas de sel. Et mon fier copain, lui, ne manquait pas d'air. Ma boutade n'était pas tombée dans l'oreille d'un sourd. Il s'était tout bonnement jeté dessus, tel un mort de faim. Peut-être aurais-je dû formuler la chose de façon moins précise? Une fois de plus, j'étais trahi par mon tempérament. Exubérant et spontané.

    Mon ami a poursuivi son petit bonhomme de chemin. Il a créé une agence spécialisée dans le conseil et la communication. Depuis, elle a connu quelques déboires. De telles pratiques, après tout, ne sont pas rares dans ce milieu. Mon père lui-même m'a raconté qu'à une certaine époque il passait son temps à renvoyer les cadeaux que sa compagne, occupant alors un poste haut placé à la direction de la chaîne, recevait sans cesse. Vous avez dit corruption active? La télévision ne se contente pas de diffuser *Dallas* : elle s'en inspire parfois.

12

Secrètes scories

Parmi les émissions que j'ai animées, lesquelles ont le plus marqué les esprits? Incontestablement: «Secret Story» et le «Loft». Tout a été dit et écrit sur ces programmes. Ou presque. Qui n'a pas entendu parler de Loana ou Steevy, Afida Turner ou Kenza, Ayem ou Amélie? Même les lecteurs du *Monde diplomatique* et les abonnés de l'Opéra Bastille les connaissent!

Des anecdotes inédites? Bien sûr que j'en ai! Certaines n'ont jamais filtré dans la presse ou sur les réseaux sociaux. Mais ne comptez pas sur moi pour les raconter. Motus et bouche cousue. À chacun son jardin secret. Sauf si vous insistez, bien sûr. Vous êtes vraiment incorrigibles…!

Contrairement à la rumeur, devenue certitude pour la plupart des commentateurs, aucune de ces deux émissions n'était écrite à l'avance. Pas de story-board préétabli, aucune tapisserie de Bayeux pour guider nos pas, nulle narration mitonnée avec soin par la production pour allécher la curiosité des téléspectateurs. Ne me faites pas dire qu'au fil des saisons la production n'a pas tenté de tordre les histoires ou de les réorienter. Ces manipulations de la « réalité » ont existé. Mais jamais les situations montrées à l'écran n'ont été créées de toutes pièces par quelque volonté supérieure. Certes, il est arrivé que des candidats soient placés face à des obstacles sciemment jetés sur leurs pas. Surtout lorsque l'un d'eux était regardé comme inutile à la poursuite du jeu, que sa présence devenait préjudiciable à la qualité du programme. S'agissait-il d'une tricherie ? Pas au sens propre.

Je n'ai souvenir que d'un exemple de triche manifeste. C'était un soir de vote, sur un *prime time* en direct du « Loft ». Les téléspectateurs étaient appelés à désigner leur candidat préféré, pour lui permettre de se maintenir dans l'émission. La production, de son côté, avait fait son choix : le candidat élu serait une candidate. Un point, c'est tout. La jeune femme en question était nécessaire à la bonne marche du jeu. Le scrutin fut donc stoppé à 21 h 15, en pleine émission. Je n'étais pas au courant de la manipulation. Je l'ai apprise d'un ami qui travaillait au sein de la production. Sa mère avait téléphoné pour sauver un de ses favoris. Au bout du fil, elle était tombée sur un répondeur annonçant que le vote était clos. Je me suis empressé de demander, dans l'oreillette, ce qui était en train de se tramer. Après un silence de deux minutes, j'appris que le message enregistré venait d'être changé. Il indiquait désormais que, par suite d'un grand nombre d'appels, il fallait renouveler son appel ultérieurement.

Qu'en ai-je conclu ? Le but de la manœuvre était tout simple : maintenir la candidate choisie par la production. Ce qui ne pouvait se faire qu'en clôturant le vote au moment favorable. Évidemment, je n'ai jamais eu aucune explication. Mais il n'était pas sorcier de se faire son idée. C'était une des premières saisons du «Loft» et nous jouions encore aux apprentis sorciers avec le programme. Méthode un peu cavalière, inenvisageable aujourd'hui. Mes copains les huissiers sont là pour vérifier la légalité des pratiques.

Ouvrons une parenthèse. Pourquoi parle-t-on d'émissions d'«enfermement classique en conteneur»? Avouez que ça fait rêver! Réponse: parce qu'à l'origine Endemol produisait ce type de programmes dans des Algeco plantés au beau milieu de la campagne hollandaise, à mille milles de toute civilisation. Confinés entre quatre murs, les émotions sont décuplées, les sentiments s'exacerbent, les caractères s'affirment. Les amours naissent et s'épanouissent plus vite. Nos codes et nos repères temporels sont chamboulés. Le principe originel de la téléréalité, c'était ça.

Quand Nonce Paolini a pris la barre de TF1, il m'a reçu dans son bureau, tout là-haut, pour évoquer avec moi le casting de «Secret Story 3». Il souhaitait connaître ma vision de l'émission, comment j'envisageais la saison. Il portait également à ma connaissance les profils et secrets des candidats retenus. Après lui avoir confirmé mon intérêt pour le programme, moi qui n'ai aucune notion de solfège, j'ai tout de même émis un bémol: le profil d'un des candidats me paraissait problématique. Son secret était le suivant: «Je suis curé défroqué et homosexuel.» Entendons-nous : je ne suis ni anticlérical ni homophobe. Mais je craignais les retours de manivelle et les buzz qui tuent. J'entendais déjà le petit rigolo de douze ou quinze ans balancer pour la blague :

— Eh, je le reconnais, c'est le curé qui me tripotait à la chorale !

M'ayant écouté, Nonce m'a dévisagé en silence. Il paraissait interloqué. J'en ai profité pour lui dire que je me sentais capable de tout assumer – drogués repentis, anciens taulards, call-girls en activité –, tout ce qu'on voudra, sauf une présomption de pédophilie, même fausse. Surtout fausse. Une heure plus tard, je recevais un coup de fil de la production, me demandant ce que j'avais bien pu raconter à Nonce. Il venait de faire «sauter» un candidat.

À la suite de cet épisode, je n'ai été informé des castings qu'à la veille des lancements. On craignait que mes fines remarques ne fassent tout capoter. Que je me mêle de ce qui ne me regardait pas. Plus j'y repense, pourtant, plus je suis convaincu d'avoir bien fait. Le secret de ce candidat aurait pu passer comme une lettre à la poste et ne causer aucun remous. Il aurait pu tout aussi bien déboucher sur un drame qui aurait terni à jamais l'image de l'émission. Laquelle, dois-je le préciser, n'avait vraiment pas besoin d'une mauvaise publicité. Fin de la parenthèse.

Figure imposée de «Loft Story» et «Secret Story» : les castings. De leur bonne tenue naîtrait, ou pas, une bonne émission. Lors des premières éditions, la présélection s'effectuait «à l'ancienne»: on cherchait, on rencontrait, on discutait. À l'aveugle.

Avec le temps, un réseau s'est constitué, une sorte de réservoir de profils. La facilité aurait consisté à y puiser, mais, pour «Secret Story», nous avions besoin de personnalités absolument «vierges», strictement inconnues du grand public. Internet et les réseaux sociaux permettent, en toute simplicité, d'en apprendre un peu plus sur les candidats et de lancer des recherches élémentaires sur leur passé. Je me souviens d'une candidate de «La Ferme Célébrités» sur laquelle notre investigation liminaire n'avait rien donné. Son nom, pourtant, me disait quelque chose… À l'époque, TF1 souhaitait faire de ce programme une émission vraiment familiale. Je me suis permis de téléphoner au directeur des programmes pour m'assurer que l'enquête n'avait rien révélé. Puis la mémoire m'est revenue. Je me souvenais avoir vu cette jeune femme dans certains films non destinés au public familial. Après vérification, sa filmographie était même assez fournie dans ce domaine. Les responsables du casting, après visionnage de quelques vidéos éloquentes, ont conclu que cette artiste spécialisée n'avait pas sa place dans l'émission. Imaginez ce qu'un Jean-Marc Morandini aurait fait d'une info pareille sur son blog. Je vois d'ici le titre de son édito: «Le programme de TF1, toujours aussi familial.» Suivi d'une vidéo aux petits oignons, pour faire bonne mesure. Tout est possible…

Les candidats se suivent et ne se ressemblent pas. L'un de ceux du «Loft 2» était très populaire.

Il nous donnait pourtant du fil à retordre. Félicien était un jeune homme dissipé. Un beau jour, ayant décidé que l'aventure était terminée, il a demandé à la production de l'exfiltrer. Pas si simple ! Il nous fallait un minimum de réflexion. Et puis, un abandon n'est jamais bon pour le moral des troupes. En règle générale, nous préférions raisonner les candidats au départ, les motiver pour qu'ils restent. Lors des premières émissions nous avions peur de perdre des candidats. Il nous arrivait de sauter des éliminations. Avec le temps, nous nous sommes rendu compte que la présence d'une forte tête n'était pas toujours propice à l'épanouissement du cheptel. Certains se sentaient étouffés, ce qui ne servait pas le programme.

Dans «Secret Story», certains départs étaient souvent négociés à l'avance avec les candidats. Par exemple, celui d'une ancienne captive d'Éric Schmitt, *alias* «Human Bomb», lors de la tristement célèbre prise d'otages d'une école maternelle à Neuilly, en mai 1993. Le Raid, on s'en souvient, avait œuvré au meilleur des dénouements : aucune autre victime que le preneur d'otages lui-même, un *desperado* en mal de reconnaissance. Il était convenu que notre ex-otage ne resterait pas plus de trois jours dans l'émission. Sage-femme, elle ne pouvait rester plus longtemps. Mais alors pourquoi s'était-elle portée candidate…

Mais revenons à Félicien. Celui-là avait la tête dure ! Voyant que la production n'était pas pressée de le laisser partir, il a décidé de brusquer les choses. En signe de protestation, il a déféqué devant la porte de sortie du «Loft». Le message était clair, qui plus est odorant. Le résultat, lui, ne s'est pas fait sentir : Félicien est retourné dans ses pénates. Heureux. Il avait obtenu gain de cause. Comme quoi il suffit de trouver les mots.

La performance de Félicien, que je sache, n'a pas été filmée. Qu'à cela ne tienne : les archives de « Secret Story » regorgent d'images embarrassantes, confinées dans des coffres sécurisés. Me croirez-vous si je vous dis que certains avaient imaginé de faire avaler une pilule abortive, la fameuse RU499, à une candidate enceinte, d'ailleurs sélectionnée pour cette raison ? Il a fallu expliquer à cette équipe pleine de ressources que la jeune femme risquait d'expulser son bébé sous la douche, devant les caméras. On marchait sur la tête.

« Secret Story », tout comme le « Loft », est un accélérateur de célébrité. Le gagnant empochait la somme de 150 000 euros, ce qui n'est pas négligeable. Les autres étaient à peu près certains de se faire embaucher pour la tournée des boîtes de nuit, des bars et des plages.

Au cours des premières saisons, Endemol semblait couver ses candidats. Assez vite, pourtant, elle a cessé de les materner et de les protéger contre les prédateurs, dont l'ombre s'est mise à planer autour des studios. Chaînes et maisons de production concurrentes ont fondu sur eux comme des rapaces. Mais les moutons, bien souvent, étaient complices de leur rapt.

Sur mes dernières saisons de « Secret Story », nous voyions arriver des candidats dont l'unique objectif était de participer ensuite aux « Anges de la téléréalité». C'était à la fois ridicule et parfaitement logique. Tandis que nous en étions encore à organiser l'élection de «Miss Secret», les «Anges» assistaient à une authentique élection de miss à Los Angeles. Et, tandis que nos «soirées DJ» étaient animées par les candidats eux-mêmes, les «Anges» se déhanchaient dans la plus grande boîte d'Ibiza, sous la houlette de David Guetta et Bob Sinclar...

Nous n'avons pas réussi à conserver la fraîcheur des débuts, la sincérité des émotions et des sentiments. «Secret Story» s'est ringardisé, à l'instar des canapés fluo et fuchsia de la «Maison des secrets». Alors que nous étions censés filmer «la réalité», nous avons fini par créer un artefact auquel personne ne croit plus. À l'inverse, les «Anges» ont su se rendre attrayants. Non seulement le cadre est réaliste, mais il est paradisiaque. J'ai longuement milité pour transformer «Secret Story» en «Secret Island». La production n'a jamais voulu franchir le pas. Je reste persuadé que ce changement radical aurait relancé l'émission. Elle y aurait trouvé le renouveau indispensable au regain d'audimat. Au lieu de quoi, on dirait que TF1 signe l'émission en se bouchant le nez. Drôle d'attitude. Quitte à ne pas assumer, autant cesser la diffusion.

Quels étaient les principaux points forts de «Secret Story» et du «Loft»? Ces deux émissions favorisaient le dialogue intergénérationnel. Parents, grands-parents, tous étaient confrontés aux pratiques et au langage des plus jeunes. Ils découvraient leurs mœurs parfois débridées, leurs façons pittoresques de s'exprimer, de s'habiller, de se nourrir. Aucun autre programme de téléréalité n'offrait une radiographie sociologique aussi exacte de la jeunesse.

Au fur et à mesure des émissions, la production a dû procéder à certains arrangements. Elle a mis en place la «salle CSA», qui permet aux candidats de se retirer dans un endroit où ils sont certains de ne pas être filmés. Le programme, qui était un jeu, s'est entouré de contraintes multiples. Les candidats se sont transformés en professionnels de la téléréalité. De nos jours, aucun participant n'est engagé sans contrat, comme de véritables prestataires. Ils sont défrayés à la semaine, ce qui n'était pas le cas lors des premières saisons. Beaucoup d'ex-participants, cornaqués par un avocat futé, Jérémy Assous, ont attaqué certaines maisons de production pour travail dissimulé. Procès qu'ils ont tous remporté. Nous ne pouvions plus continuer ainsi.

Comment en sommes-nous arrivés là? Aurions-nous oublié que le «Loft», «Secret Story» restent avant tout des jeux? Les gens qui participent à «La Roue de la Fortune» ne sont pas payés pour leur participation. Ils ont posé un jour de congé pour se rendre sur le plateau. Mais les candidats de la téléréalité, eux, sont des salariés qui bénéficient de droits particuliers, notamment celui de jouir d'un jour de repos par semaine. Il ne diffère d'ailleurs en rien des autres jours, en ce sens que le jeu continue. Simplement, ils peuvent refuser d'y participer.

Qu'on le regrette ou pas, la production a été obligée de s'adapter. La Voix de «Secret Story», par exemple, qui a pour habitude de donner des ordres aux candidats, emploie désormais une formulation différente selon qu'ils sont, ou non, en jour ou en heure de repos. Dans le second cas, ils ne sont pas obligés de répondre à ses sollicitations. Et, comme tout salarié, ils ne peuvent travailler plus de huit ou neuf heures par jour Raison pour laquelle, lorsque nous étions en duplex avec les candidats du «Loft» après le *prime*, la connexion ne pouvait pas s'éterniser. Tout ce système, mis en place pour se conformer au droit du travail, a nui à l'authenticité du programme. Les candidats, au temps heureux des premières saisons, étaient en quête de *fun* et de gloriole. Aujourd'hui, ils se présentent comme des employés du divertissement, avec un plan de carrière dont nous ne sommes qu'une des étapes. «*O tempora, o mores!*», comme on dit dans les albums d'Astérix.

Et maintenant, un aveu. Personnellement, je ne suis pas fan des émissions de téléréalité. En revanche, je suis certain d'une chose: l'authenticité de «Secret Story». Vous pouvez rire, bonnes gens! Mais regardez «Les Anges de la téléréalité»: la différence vous sautera aux yeux. Les plus récents avatars du concept visent toujours des objectifs précis et soigneusement prédéfinis. Le «Loft» et «Secret» suivaient une autre voie. Nous commencions par laisser les candidats flâner et s'ennuyer pendant deux ou trois heures. De cet ennui finissait par naître une pure folie, une fulgurance inattendue. Ces péripéties aussi naturelles qu'imprévues faisaient la joie des téléspectateurs.

Aujourd'hui, téléréalité rime avec sollicitation. Certains détails infimes, pourtant cruciaux, ont un impact incalculable sur le moral des candidats. Ainsi, par exemple, les conditions météo. Pour cette raison, j'ai suggéré de déplacer la «Maison des secrets» dans un endroit plus chaud. TF1 n'en a cure. La chaîne, à vrai dire, semble se désintéresser de cette émission, dont elle ne souhaite pas prolonger la vie. Elle garde le programme, mais elle ne semble pas l'aimer. Sur NT1, filiale de TF1, son audience tourne aux alentours de sept cent mille téléspectateurs. Un beau succès. Même si, la saison précédente, sur TF1, la même quotidienne atteignait les deux millions. Ce n'est pas rien, et pourtant le programme n'a pas évolué d'un iota depuis son lancement. Seul l'animateur a changé. À la rentrée 2015, pour la neuvième saison, Christophe Beaugrand a repris les manettes du programme. Il a tous les atouts pour maîtriser cette grosse machine. Il y a tellement de paramètres à gérer à la fois: la connexion de la Maison, le plateau, les interviews, la gestion des sorties, la relance des votes, les changements de séquences... À tout moment, tout peut basculer. Il faut être capable d'improviser et de bouleverser l'ordre des choses. J'ai appris dernièrement qu'Endemol avait envisagé de me remplacer par Valérie Damidot pour la saison 6. C'est elle qui, par amitié, a refusé le poste. Bel exemple de solidarité professionnelle, plutôt rare dans ce milieu. Non, tout n'est pas pourri au royaume de la télé. Quand je vous disais que tout est possible!

À l'heure du bilan, je suis plutôt content du travail réalisé, tout au long des années, sur les émissions de téléréalité. Des gamelles, des casseroles, il y en a eu. Avec le temps, on appelle ça des bons souvenirs.

Un exemple? «La Ferme Célébrités en Afrique.» En un temps record, nous sommes passés de sept millions de téléspectateurs à cinq, puis trois, pour finir relégués en troisième partie de soirée. TF1 voulait faire un grand «Daktari» avec des animaux sauvages et de belles images de savane. Qui dit «savane» dit grande steppe jaunie, avec quelques arbres pour faire de l'ombre aux éléphants. Comme sur les photos réalisées avec Jean-Pierre Foucault, qui devait animer l'émission avec moi. Nous voilà donc partis en repérage avec Angela Lorente, directrice de la téléréalité sur TF1. Arrivés sur place, première déconvenue: l'Afrique du Sud n'est pas jaune. Tout était vert! On se serait cru en Normandie. Deuxième déconvenue: les animaux. J'attendais des rhinocéros, des lions, des guépards... Le comité d'accueil était composé d'une pauvre girafe et de trois impalas. Quant à la réserve sauvage, que nous espérions plus fournie, nous n'y avons trouvé qu'un lynx farci de puces et deux impalas qui n'étaient pas vraiment là. Angela était hors d'elle, et je vous assure que sa colère n'était pas feinte. C'est donc très déçus que nous avons regagné notre hôtel. Où tous les animaux réunis nous attendaient, narquois. S'étaient-ils concertés pour nous narguer? Ils n'avaient vraiment pas conscience des enjeux! Ah, il y avait de quoi devenir fous...

Nous avons malgré tout maintenu la programmation, quitte à faire mentir la savane. Par intermittence, nous faisions discrètement entrer en scène quelques animaux pour deux heures, des lions ou des lapins géants d'Afrique, histoire de peupler les lieux. Par chance, aucun d'eux n'a pris contact avec Me Assous.

La baisse d'audience était prévisible. Elle a provoqué le mécontentement de TF1, qui a convoqué Endemol un dimanche matin. Question, sévère mais juste, du directeur des programmes :

— Pourquoi, lorsque je regarde ce programme, ai-je l'impression que ça aurait pu être tourné à Thoiry ?

Il avait raison. Le programme n'avait rien d'exotique. Nous avions vendu du rêve, nous n'étions pas capables de l'offrir. Le couperet des audiences est tombé.

Si je devais retenir de cette aventure un point positif ? Mon duo avec Jean-Pierre Foucault, un vrai bon camarade. Et des rencontres inédites. Celle, par exemple, du garde-chasse, que nous interviewions souvent en duplex. Il lui fallait toujours un temps fou pour nous répondre. Sept minutes pour trois questions ! À cause du décalage, mais pas seulement. Le brave homme était «pétardisé» du matin au soir, à l'herbe ou au shit. Ces moments-là vous aident à oublier les échecs.

13

Nouvelle donne

À la télévision, comme dans la vie, la roue tourne. Et pas seulement la «Roue de la fortune»! J'ai présenté en 2012, à la suite de Christophe Dechavanne et en compagnie de Valérie Bègue, une nouvelle version de l'émission popularisée, entre 1987 et 1997, par Christian Morin et Annie Pujol. Ma pire erreur de casting. Sur la grille des programmes, on nous avait placés à 11 heures, chaque matin, face à «Motus» et aux «Z'amours», deux jeux qui cartonnaient depuis longtemps. Pour ne rien arranger, l'émission donnait l'impression d'être une déclinaison *low cost* de «La Roue de la fortune» historique: petit budget, petits cadeaux, petites caméras. Au bout du compte: un gros bide! Le plus grand regret de ma carrière télé.

Arrive 2013. À cette époque, je bois la tasse. J'ai découvert ma ruine, j'ai failli mourir dans un accident de moto, j'ai perdu mon job à TF1 et j'ai la moitié des huissiers de France au train. Une planche de salut se présente, je m'y agrippe. Je suis approché pour développer un jeu télévisé canadien intitulé «What Have You Got?». Le principe est d'une simplicité remarquable : dans un jeu de cinquante-deux cartes, le candidat en choisit cinq sans les regarder. Au revers des quarante-sept cartes restantes, autant de questions. À chaque bonne réponse, la carte se retourne. Petit à petit, s'il répond bien, le candidat augmente ainsi ses chances de deviner les cinq cartes qu'il a tirées au départ. Séduit par ce format inventé par Tom Lapointe, fort de mon expérience américaine et des connexions que j'ai conservées outre-Atlantique, je fais observer qu'il serait judicieux de lancer l'opération aux États-Unis. Banco !

Et me voilà de nouveau tiraillé entre mes dettes parisiennes et les paillettes de L.A. pas facile à vivre, mais ces allers-retours ont du bon : ils m'arrachent à mon cauchemar quotidien et me permettent de faire la connaissance de producteurs américains avec lesquels je travaille régulièrement au développement du jeu. Un pilote ne tarde pas à voir le jour, suivi d'une application pour iPad. Mais le programme, pour l'instant, est toujours à vendre.

À cette même époque, je reçois un coup de fil. On me propose d'animer un jeu sur la chaîne Gulli : «Tahiti Quest.» Ma première réaction : la douche froide. Gulli ? Le Canal des enfants ? Je sais bien que je ne suis plus sous contrat d'exclusivité avec TF1, mais j'y anime toujours «Secret Story» et l'émission a fait ses preuves. Je ne souhaite pas encore dissocier mon image de celle du mastodonte du PAF. Et voilà qu'on m'invite sur la TNT. La 21e chaîne m'ouvre ses bras ! Serait-ce une nouvelle étape de ma dégringolade? Et si ce coup de fil était un signe? Une improbable manière, pour moi, de rebondir? Et de reprendre mon ascension. Voilà qui mérite réflexion. J'ai soudain un tas de questions à poser à mon interlocuteur, le producteur Antoine Henriquet, *alias* «AH». Rassurant, il dégaine son slogan:

— Les enfants d'aujourd'hui sont les adultes de demain.

Bien vu. Ma base de fans, beaucoup d'adolescents de la génération «Loft», sont aujourd'hui des adultes. Des parents qui, souvent, suivent «Secret Story». Sensible à l'argument générationnel d'Antoine, j'accepte de relever le défi. Je n'ai strictement rien à y perdre, ayant déjà tout perdu. Autre aspect intéressant: le tournage à Tahiti. Ce dépaysement me fera le plus grand bien, même sans chéquier ni Carte bleue. Car j'oubliais de vous dire: je n'ai plus de banque! Une île, le paradis sur terre, pour fuir l'enfer de ma vie: la tentation est trop forte.

Le projet «Tahiti Quest» est sur les rails. Le concept de l'émission est assez séduisant. Dans ce jeu d'aventures, parents et enfants s'affrontent à travers une série de défis. Le regard des uns sur les autres s'en trouve changé. Les parents apprennent à faire confiance à leurs enfants. Lesquels se rendent compte que leurs parents ne sont pas forcément invincibles...

Je ne dirai rien des lazzis de mes confrères et des médias. La plupart ont considéré que je flinguais ma carrière. Manque de chance pour ces faux frères: la première saison de «Tahiti Quest» a fait un carton. L'émission de lancement a fédéré plus de huit cent mille téléspectateurs. Mes craintes initiales se sont évaporées. Ma mauvaise humeur également. Nonce Paolini se souvient-il de la phrase vipérine qu'il m'a lancée lors de la conférence de rentrée de TF1 ? À mon arrivée dans la salle, chacun a pu l'entendre déclarer :

— Tiens, voici l'animateur de Gulli !

C'était blessant. Venant de Nonce, un homme que j'estime, j'ai pris cela pour une cruelle taquinerie. Pire : une moquerie. Je me trompais. Preuve de mon erreur : suite aux pics d'audience de « Tahiti Quest », ce n'est pas Gulli qui m'a envoyé le premier texto de félicitations, mais Nonce Paolini. Sa bienveillance et sa sincérité ne m'ont jamais fait défaut. Son pragmatisme non plus. Il en faut.

« Tahiti Quest » m'a rendu heureux. Mais je devais veiller à ne pas entrer dans une routine. J'ai toujours redouté de m'enfermer dans un programme unique. J'ai connu une époque où j'animais simultanément une quotidienne en radio et à la télévision. J'adorais cette dualité. Elle me fouettait. Le travail appelle le travail. J'ai besoin de cette stimulation permanente. À cet égard, Gulli m'a fait le plus grand bien. La chaîne m'a replacé dans le peloton de tête des animateurs. Grâce à elle, je suis redevenu « bankable ». Les huit cent mille téléspectateurs de « Tahiti Quest » ont marqué les esprits. Nous étions le programme phare de la TNT. Une performance remarquée et saluée. L'émission plaisait et, en tant qu'animateur, je savais gérer la machine.

Gulli m'a permis de couper le cordon avec TF1. J'avais prévenu la chaîne que la saison 8 de « Secret

Story » serait ma dernière. J'ai tenu parole. Même s'il n'est pas simple de quitter une grosse chaîne. J'y trouvais de nombreux avantages. Une vraie notoriété, tout d'abord. Puis un cadre de qualité, nécessaire pour bien travailler. TF1, grâce aux moyens financiers qu'elle met sur la table, peut se permettre toutes les audaces de programme.

Depuis quelques années, cependant, la TNT a pris un formidable essor. C'est là qu'éclosent les nouvelles « petites chaînes » qui montent. Elles ne se contentent plus de reprogrammer des émissions produites par TF1, France 2 ou M6. Elles développent et mettent à l'antenne de vrais programmes. Cyril Hanouna, par exemple, cartonne sur D8 avec « Touche pas à mon poste ». Les autres chaînes – W9, Gulli, TMC, NRJ 12 – font des scores d'audience tout à fait honorables. Pour un animateur, il devient aussi intéressant d'apparaître sur la TNT que sur une grosse chaîne. Il y bénéficiera d'un éclairage suffisant. La donne a changé. Elle change encore. À grande vitesse. Ces « petites chaînes » deviennent grandes. On est vorace à cet âge. Seul problème, qui n'est pas un détail mais que le temps corrigera : les financements et le salaire des animateurs. En moyenne, ils gagnent trois fois moins sur la TNT. Pas le meilleur appât pour attirer les gros poissons du PAF. Pas encore.

Le succès de « Tahiti Quest » a accéléré ma prise de conscience. Je ne pouvais plus continuer à animer « Secret Story ». J'avais encore de la tendresse pour ce programme, mais il était grand temps de me rendre à l'évidence. Même si je suis bien conservé et si je ne fais pas mon âge (je répète ce qu'on me dit!), je me trouve un peu vieux pour jouer encore longtemps les maîtres de cérémonie au milieu d'une bande de galopins. Après plus de dix ans de téléréalité, «Loft» et «Secret Story» confondus, il faut savoir laisser la place aux autres. J'ai suffisamment donné de ma personne.

Mon départ de TF1 a donné lieu à des tractations. Ça a négocié ferme. La chaîne souhaitait récupérer le format de Gulli, afin de le programmer sur TMC. Une vraie marque d'estime. Mais la négo a échoué. Il n'empêche: j'ai quitté TF1 en très bons termes. Une rareté dans le milieu, il m'importe de le souligner. Un nouveau défi m'attendait: D8. J'ai rejoint la chaîne pour animer «Nouvelle Star». Souvenirs, souvenirs… De 2003 à 2006, quatre saisons durant, j'avais déjà présenté le programme sur M6. Une aventure qui s'était mal terminée. Il faut dire qu'elle n'avait pas très bien commencé.

La première année avait été assez difficile. Le programme ne s'appelait pas encore «Nouvelle Star», mais «À la recherche de la nouvelle star». Démarrage poussif. Jonatan Cerrada, jeune homme sympathique, avait séduit le public en reprenant Shakira et en dansant comme elle. Mais il était loin de faire l'unanimité. Son charisme n'était pas immédiat. Et puis, miracle de la télévision, la sauce a fini par prendre. Une étrange alchimie soudait les membres du jury – Marianne James, Manu Katché, André Manoukian et Dove Attia –, les candidats et moi. Nous partions tous ensemble dans les villes de casting. On faisait la bringue. Une belle camaraderie menait la danse. Mille et un moments de rigolade.

«Nouvelle Star» était bien plus qu'une émission. Dans les cours d'école, au bureau, dans les familles, le programme était sur toutes les lèvres. Chacun défendait ses chouchous. Steeve Estatof, vainqueur de la saison 2, imposait son rock et son look grunge en *prime time*. Il tombait sous le charme de la jolie Laura, avec qui il reprenait «L'amour, c'est comme une cigarette», immortalisée par Sylvie Vartan. Et Christophe Willem, qui a pu l'oublier? Vainqueur de la saison 4, il était surnommé «La Tortue». Et ce soir où je m'étais opposé aux jurés, après l'injuste élimination d'un des candidats? Quel ramdam! Manu Katché s'était emporté: «Achetez-vous des oreilles!» Marianne James, notre diva, avait enfoncé le clou: «Vous avez de la m... dans les oreilles!» J'étais remonté comme un coucou, j'ai protesté. Mais la brouille n'a pas duré. Avait-elle seulement commencé? Pas sûr.

Mon départ de «Nouvelle Star» fut assez abrupt. Appelons un chat, un chat, c'était une expulsion pure et simple. Exit, Benji! J'avais décidé de quitter M6 pour rejoindre TF1. Le défi de «Secret Story» m'attendait. Mais d'abord, la présentation de «Langues de VIP». Nous étions en mai 2006. Rien ne pressait. Mon arrivée sur TF1 ne devait prendre effet qu'à la rentrée de septembre. Mais, contractuellement, j'étais censé prévenir la chaîne par lettre recommandée, un peu comme pour un préavis. L'accusé de réception fut brutal. La production m'a débarqué *manu militari*, alors que je me préparais pour assurer le show lors du quart de finale de la saison 4. Tournez manège! Virginie Efira, avec qui j'entretiens de bonnes relations, a pris le relais avec talent. Mais je n'ai jamais compris cet empressement à m'éjecter. Encore un malentendu. Après tout, Colloredo a bien chassé Mozart à coups de pompe dans le derrière...

Aurais-je dû voir un signe dans ce départ en queue de poisson? Sur D8, de retour aux manettes de «Nouvelle Star», je me suis planté *maestoso*. La chaîne, pourtant, était en pleine expansion. «Touche pas à mon poste» dynamitait l'audience. Chaque jour, l'émission faisait le buzz et surclassait la concurrence. Cyril Hanouna régnait en despote, pas toujours éclairé. J'aurais dû me rappeler le mot fameux: «Mieux vaut être roi au Sofitel que laquais au Crillon.»

Que ne me suis-je méfié? J'étais persuadé que la chaîne avait tout intérêt à multiplier les vedettes. Il y avait Hanouna, bien sûr. Mais, à côté de lui, il me paraissait essentiel de faire une place à d'autres têtes d'affiche, d'autres animateurs confirmés. Je me fourrais le doigt dans l'œil jusqu'au PAF! Tout faux, Benji! D8 vivait sous le régime de la terreur. Je n'avais encore jamais vu une chaîne à tel point inféodée à son animateur vedette. Pas même sur TF1, à l'époque des triomphes d'Arthur et de Julien Courbet. J'ai passé sur D8 la pire année de ma vie professionnelle. J'étais l'otage d'un système pervers. Comme Audiard le faisait dire à Belmondo dans *100 000 dollars au soleil*: «*Quand* les types de 130 *kilos* disent certaines choses, ceux de 60 *kilos* les écoutent.» Le mec de 60 kilos, c'était moi. Mon tempérament de battant était mis à mal. Les relations au sein de la chaîne étaient biaisées, l'atmosphère devenait irrespirable. Comment rester dans de telles conditions, et surtout pourquoi?

Cyril, pourtant, avait réclamé ma venue. Il le claironnait haut et fort, entre deux reprises des «Sardines» de Patrick Sébastien et deux «danses de l'épaule». C'est lui qui voulait que je vienne animer «Nouvelle Star», à la suite des deux saisons qu'il venait de passer à la tête du programme.

Dès mon arrivée, j'aurais dû être plus vigilant. L'accueil d'Hanouna fut rien moins que chaleureux. Lui qui encensait «Nouvelle Star» en 2013 («Chaque mardi, je m'éclate, j'adore cette émission») avait subitement changé d'avis: «J'aimais bien déconner avec les candidats dans les loges mais l'avis du jury et faire comme s'il se passait un truc très grave, comme si on allait jouer notre vie, je trouve que c'était surjoué, ça me faisait chier. Et lire le prompteur… C'est une émission chiantissime. C'est d'un chiant à faire, je vous dis la vérité, ça me gonflait.»

Évidemment, je me suis fait fracasser dans son émission. Sa petite bande dézingue à vue, et il faudrait applaudir? Je sais bien que c'est le jeu. Je ne remets pas en cause leur liberté de ton. Elle est souvent salutaire. Parfois, elle me rappelait même feu les «Guignols de l'Info», qui m'ont longtemps eu dans le collimateur. À leur grande époque, ma marionnette ne savait dire que deux mots: «C'est énooooorrrmmme!» Pas très flatteur, mais je l'aimais bien. Elle m'a permis de prendre du recul par rapport à mon image. J'en ai d'ailleurs une réplique chez moi, avec laquelle je ne déteste pas faire des selfies que je poste ensuite sur Twitter, en clin d'œil. Les Guignols, modernes bouffons du roi, n'ont jamais pratiqué l'humour-matraque, celui qui consiste à se moquer gratuitement de tout le monde, sans distinction, à la façon d'une ratonnade. Tout le contraire de certains chroniqueurs de «Touche pas à mon poste». Il faut des nerfs solides pour se retenir de répliquer à leurs coups bas. Quelle est la légitimité d'une fille comme Enora Malagré? Qui est-elle, d'où sort-elle pour nous balancer, à Julien Courbet et à moi: «Vous êtes sur D8 parce que les grosses chaînes ne vous appellent plus»? Elle en sait des choses, Enora Malgré elle...

L'audience de la première de «Nouvelle Star» était bonne. Un score équivalent à celui d'Hanouna l'année précédente. Insuffisant pour la commère de service, qui s'est donc permis ce brillant commentaire:

— Je m'attendais à un raz de marée, de la part d'un ex-animateur de TF1.

J'ai compris, à cette réflexion puérile, que je ne devais rien attendre de D8, une chaîne qui laisse défourailler ses propres animateurs sans broncher. J'avais fait un mauvais transfert. À la décharge de D8, on ne m'avait fait aucune promesse. Pas d'engagement sur l'avenir. Plus prudent: avec Hanouna dans le décor, l'espace manque. Notre brouille a fait le tour du Web. En bon français, on appelle ça un clash.

Ma déception a culminé à mon retour de Guyane. J'étais parti quelques jours pour tourner un reportage, commandé par 13e Rue, sur la Légion étrangère. À 10 heures du matin, je reçois un coup de fil du directeur des divertissements de D8. Pendant une heure, nous parlons de tout et de rien. De «Nouvelle Star» aussi, bien sûr. Pour lui, pas de lézard. Tout se passe pour le mieux. Les retours de l'émission sont excellents, meilleurs que du temps d'Hanouna. Le soir même, un peu maso, un peu parano, j'allume la télé pour jeter un œil à «TPMP». Sur le plateau, surprise : mon père. Entre ses mains, mon portrait. Serais-je mort? Mais qu'est-il venu faire dans cette galère? Récupérer un prix en mon nom. Mon prix. J'ai été élu «animateur le plus détesté du PAF», avec Arthur et Hanouna. Je balance entre irritation et incompréhension. Voici quelques heures, j'avais le directeur des programmes au téléphone. La conférence de rédaction de «TPMP», elle, a lieu à midi. Pourquoi personne ne m'a-t-il prévenu? Que fait mon père sur ce plateau? Pour me calmer les nerfs et rétablir la vérité, je poste un tweet. Que personne n'aille imaginer que j'ai refusé de recevoir en direct ce prix par ailleurs si gratifiant. Je ne tiens pas à me mettre à dos tous les fans d'Hanouna. Mon tweet est tout simple : «Très heureux d'avoir vu mon père avec le prix sur TPMP, mais je serais bien venu le chercher moi-même.» La réponse m'arrive par SMS. Toute l'élégance de Cyril y est concentrée : «Tu commences à me casser les c*, tu as 24 heures pour faire un autre tweet, sinon je rectifierai moi-même dans TPMP.» Est-ce une menace? Dois-je réagir? Rester calme? Pour détendre l'atmosphère, je reposte un tweet : «Apparemment c'était un malentendu, il pensait que je n'étais pas rentré.» Bref, je m'écrase. Diplomate. Cyril, que je sache, n'est pourtant pas responsable des programmes. Pas officiellement, du moins. Mais, dans les faits, c'est lui qui occupe le poste. On comprend mieux le titre de son émission.

Mon passage sur D8, après Gulli et mes reportages sur 13e Rue, ont changé la donne. Désormais, je suis l'animateur «*back in business*». Ça tombe à pic : NRJ 12 cherche justement un présentateur pour la relance d'une émission historique, incarnée dans les années 1980 par Jean-Pierre Foucault : « L'Académie des Neuf. » La chaîne, très marquée par la téléréalité, souhaite aussi redorer son image. La mienne est bonne, ils m'ont contacté. J'aime les défis et je suis impatient de tourner la page D8. À trop dormir sur ses lauriers, on finit par sentir la pantoufle. Non, l'aphorisme n'est pas de Francis Blanche.

NRJ 12 marque un véritable cap dans mon parcours. Ça passe ou ça casse. J'en ai conscience. Il est encore trop tôt pour un premier bilan. Même si, à l'heure où je relis ces lignes, « L'Académie des neuf » a été remisée le week-end. Mais la télé reste mon carburant. Que faire d'autre, je vous le demande ? Le *one man show*, comme le pratiquent tant d'anciens animateurs, ne me tente pas. Le cinéma non plus. Je ne suis pas un bon acteur. Quand j'étais gosse, à l'école, je jouais dans toutes les pièces de fin d'année. Mes parents n'en ont jamais rien su. Je ne voulais pas qu'ils me voient sur les planches. En 2008, on m'a proposé de tourner dans un épisode de *R.I.S.*, la série policière. J'aurais interprété un animateur accusé d'avoir assassiné sa femme, animatrice TV elle aussi. Suivez mon regard. J'ai tenté quelques prises. J'étais mauvais.

Ce rôle n'était pas pour moi. Il ne suffit pas d'être fils et petit-fils d'acteurs. Et puis, le scénario me mettait mal à l'aise. Les allusions à ma vie étaient trop évidentes. Le seul film où l'on peut me voir, mais il faut avoir l'œil pour ne pas me louper : *Ma femme s'appelle Maurice*, de Jean-Marie Poiré. J'y incarne un vendeur de voitures. J'avais trois phrases à prononcer. Bizarrement, je n'ai pas été nommé aux Césars. Tant pis : je me rattraperai aux Oscars.

14

Saison 45

À quarante-cinq ans, pourquoi cet autoportrait? Vous vous serez posé la question. Des proches, également. Je me suis moi-même interrogé, avant d'entamer la rédaction de ce livre. À quatre pages de la fin, je m'interroge encore.
Première réponse: l'envie. Je voulais me raconter sans tabou. J'avais déjà esquissé ce récit, dans l'ombre de Montand et Signoret. Mais je ne pouvais plus me cacher derrière eux. Je souhaitais me mettre à nu pour que mes lecteurs – et ma famille – découvrent, ou redécouvrent, le véritable Benji. Celui qui n'a pas toujours été un simple animateur.
J'ai parcouru la moitié de ma vie. Il était temps de me poser. De me regarder sans fard, au miroir de mes souvenirs. Même les plus enfouis. Ceux de mes grands-parents, de mes parents. Une manière de tirer le bilan, forcément provisoire, d'une existence déjà bien entamée. Les téléspectateurs, le grand public m'ont toujours été fidèles; il m'a paru naturel de partager ce retour sur moi-même avec eux.

J'ai raconté ma vie. Pas tout, mais pas rien. Ses avers et ses revers. Je suis un vieil enfant devenu adulte très tôt. J'ai dû me débrouiller seul. M'assumer. Très tôt, j'ai gagné ma vie. J'ai été père. J'ai grandi d'un coup d'un seul. Pour rétablir l'équilibre, j'ai cultivé mon caractère d'éternel gamin. Peut-être par peur des responsabilités. L'insouciance de l'enfance, j'en ai une certaine nostalgie. Elle a guidé mes choix. Je ne les regrette pas. Ni d'avoir tendu la main, comme on peut le faire, comme on doit le faire dans notre métier. D'autres l'ont fait pour moi, Michel Drucker le premier. D'autres encore m'ont manqué, lorsque j'avais besoin d'eux. J'ai connu la galère. J'ai vu le mépris. La vie consiste aussi à traverser la boue sans horreur.

Ce livre m'a permis d'exorciser certains démons. Dans la vie, disait souvent ma grand-mère, on finit toujours par payer. Les moments de bonheur sont d'autant plus précieux que ce qu'ils nous apportent, ils finissent par nous l'enlever. La vie a un pouvoir : celui de nous rappeler à l'ordre. Elle l'exerce sans pitié. Les cinq années écoulées furent cinq années noires. Elles m'ont forcé à mûrir et m'ont obligé à me tourner vers la lumière : ma famille et mes enfants. L'été 2015 est le premier que j'aie passé avec eux. Des vacances avec ses enfants : banal pour la plupart des gens. Pas pour moi. du coup, j'en ai fait quelque chose d'exceptionnel. Sur un coup de tête, je suis parti cinq jours avec Simon, quinze ans. Nous avions besoin de nous retrouver. Il souhaitait se confronter à son père, se construire à ses côtés. De mon côté, je voulais me voir dans ses yeux, savoir si j'existe pour lui en tant que père. Je n'ai pas été déçu.

J'ai fait de même avec Enzo, le cadet. Qui aurait parié que je partirais trois jours avec mon fils de onze ans, tout seul, sans nounou, sans belle-maman ? Il désirait m'accompagner aux Pays-Bas où je participais à une course hippique. J'ai fini troisième, sur le podium. J'en ai pleuré. Pas pour le bronze, mais de voir briller les yeux de mon fils. Son papa, son héros, venait de remporter un trophée. Lui qui n'aime pas les chevaux ! Flatté par sa réaction, j'ai commis l'erreur de tweeter cet instant de bonheur, afin de le partager avec le plus grand nombre. Le crier haut et fort. La mère d'Enzo a soupçonné une basse manœuvre de communication. Car je n'ai pas le droit d'être un père comme les autres. La célébrité, c'est aussi cela. Alors j'ai supprimé le tweet. Profil bas, une fois de plus.

Mes vacances avec Enzo m'ont rappelé les quelques jours que je passais chaque année en Corse, avec mon père. C'était notre petit rituel. De mes huit ans à mes quatorze ans, je n'aurais manqué ce rendez-vous pour rien au monde. Nous nous retrouvions seuls. Tous les deux, entre hommes, pour des parties de chasse sous-marine. Pendant quatre heures, moi, petit baleineau, je me plaçais à ses côtés, un fusil-harpon dans les mains. Fébrile et rassuré par la présence massive de mon paternel. Le silence nous enveloppait. De tels moments soudent plus et mieux que de longues discussions.

Si j'ai écrit ce livre, c'est aussi pour dire un regret. Celui d'avoir laissé de côté mon rôle de père, d'éducateur. Je ne me donnerai pas l'excuse de la télévision, ce Kronos qui dévore ses propres enfants. J'aurais pu m'octroyer plus de temps libre pour être avec eux. J'aurais dû me rendre compte qu'ils sont le sel de la vie, que le travail nourrit sans rassasier.

Je ne voudrais pas achever cet ouvrage sans rendre un hommage à mon métier d'animateur, ce beau métier tant décrié. J'aime la télévision. J'y ai fait mes premiers pas, j'y ai pris des claques aussi. Mais elle m'a souvent mis à l'honneur. Avec elle, les sentiments sont toujours centuplés. Elle a façonné mon image, l'a embellie et déformée tour à tour. Celle d'un éternel adolescent, d'un joueur insouciant et peut-être bien diabolique. J'aime cette phrase de Lionel Florence, le parolier de Florent Pagny : « Sans adorer le diable, j'ai l'impression qu'avec lui on peut négocier. » Le diable, c'est vrai, est moins intransigeant que le bon Dieu. Il est plus compréhensif. Et puis, il y a de bons petits démons ! Si j'aime autant la télévision, c'est aussi pour sa part de ténèbres, quand les lumières s'éteignent. On y fait de belles rencontres, y compris avec soi-même. À quarante-cinq ans, je commence tout juste à me connaître. Et comme il n'est jamais trop tard pour sympathiser…
Mais auparavant, je me suis fixé un objectif : donner la priorité à mon bien-être et à celui de mes proches. Après les ténèbres viennent la lumière et le bonheur de contempler paisiblement une nouvelle Aurore. Comme dirait l'autre, j'ai la vie devant moi. Et pour l'instant, tout va bien.

Table

1. Bye-bye, Benji? 9
2. La vie en première classe 19
3. De qui ne pas tenir 33
4. Mes apprentissages 43
5. Le producteur arrosé 67
6. Studio Michel 79
7. Le monde est Stone 89
8. Bienvenue au Loft 99
9. Lovers up and down 113
10. Benji la poisse 123
11. Au fond de la piscine 139
12. Secrètes scories 153
13. Nouvelle donne 167
14. Saison 45 181

*Cet ouvrage a été composé
par Atlant'Communication
au Bernard (Vendée)*

Achevé d'imprimer par

CPI FIRMIN-DIDOT

en octobre 2015

*pour le compte des Éditions de l'Archipel
département éditorial
de la S.A.S. Écriture-Communication.*

Imprimé en France
N° d'impression : 131434
Dépôt légal : novembre 2015